文春文庫

星影さやかに

古内一絵

文藝春秋

目次

星影さやかに

昭和三十九年　東京

正面から吹きつけてくる師走《しわす》の北風に、良彦《よしひこ》は身を縮こまらせた。

横幅八十メートルに及ぶ大階段は、周囲になにもないだけに、吹きさらしだ。

「兄《あん》ちゃん、でっかい階段だねぇ」

背後から、妹の美津子《みつこ》が息を切らしながら声をかけてくる。階段の向こうに少しずつ見えてくる光景に、心を逸《はや》らせている様子だ。

「もうすぐ着くぞ」

階段を上り切ると、テレビや新聞で何度となく眼にした風景が現れた。

五重塔を思わせる十二層のオリンピック記念塔。SF映画に登場する宇宙船のハッチのような入口を持つ陸上競技場。武士の兜《かぶと》の角《つの》に似た屋根を抱く体育館――。

広大な敷地に、近未来的な建築物が点在している。

立派なもんだな――。

良彦は内心感嘆した。

郷里から上京した妹を案内する体《てい》はとっていても、良彦自身、オリンピックのために新設された競技場を実際に眼にするのは初めてだ。東京で暮らしているからといって、皆が皆、競技場で観戦していた訳ではない。

会期中には観客であふれていたであろう広場は、現在は公園として整備されていて、年の瀬の寒風の中、自分たちのような見物人がまばらに歩いている。

「兄《あん》ちゃん、あれ!」

美津子が興奮した声をあげた。

「あそこから、オリンピック中継の電波が流れたんだよね」

良彦の隣に並び、美津子はオリンピック記念塔を指さした。

管制塔としての機能も持つ記念塔は、長方形の池の上に堂々と立っている。高さ五十メートルのその姿は、東京オリンピックのシンボルとして、公式ハンドブックの表紙にも使われた。

「あそこで聖火が燃えてたんだね」

池の中には盃《さかずき》型の聖火台がある。

会期中は、記念塔の足元で聖火が赤々と灯されていたのだろう。

良彦も美津子と一緒に、花崗岩《かこうがん》の幾何学模様がどこまでも続く中央広場を見回した。

大正時代はゴルフ場、戦中は防空緑地、戦後は総合運動場と、時代とともに様々に利用されてきたこの場所は、今年開催されたオリンピックを機に、駒沢《こまざわ》オリンピック公園と正式名称が定められた。なんでも、「オリンピックのために造ったものであることを名前に残しておきたい」という、東京都知事の強い意向が反映された結果だと聞く。

今大会では霞ヶ丘《かすみがおか》の国立競技場に次ぐ第二会場となった駒沢オリンピック公園だが、元々この一帯は、神武《じんむ》天皇即位紀元二千六百年記念行事の一環として招致された昭和十五年の「幻の東京五輪」では、メイン会場になる予定だったらしい。

今回の東京オリンピックは、戦後日本の復興と高度成長を世界に示すと同時に、かつて水泡に帰したオリンピックを取り戻す「悲願」が込められているのだと、誰かが新聞に書いていた。

神武天皇即位紀元か——。

ふと、良彦の口元に苦笑がのぼる。

国民小学校時代、神武天皇から始まる歴代天皇名の暗唱をさせられたことを思い出したのだ。

当時の〝少国民〟は大変だった。毎朝登校するなり、天皇陛下と皇后陛下の御真影《ごしんえい》がまつられた奉安殿《ほうあんでん》に敬礼しなければならなかったし、まったく意味の分からない教育勅語を何度も何度も繰り返し唱えなければならなかった。加えて、朝に夕に竹槍や匍匐《ほふく》前進の訓練をさせられ、毎日くたくただった。

もっともそうしたことは、敗戦とともにきれいさっぱり廃止された。今となっては覚えているのは、教育勅語の最後に必ずつけられた〝御名御璽《ぎょめいぎょじ》〟の一言くらいだ。

敗戦から二十年近くが経ち、良彦が高校卒業を機に上京してから十年が過ぎた。もうすぐ二十代最後の歳を迎える良彦は、昭和十一年一月の生まれだ。

それは、奇《く》しくも最初の五輪誘致が決定した年であり、陸軍青年将校らが引き起こしたクーデター、二・二六事件が起きた年でもあった。クーデターは鎮圧されたが、その後日本は軍国化の一途をたどり、翌年勃発した日中戦争の長期化で、紀元二千六百年の東京オリンピックは幻と消えることになる。

良彦が生まれたのは、平和の祭典である五輪開催の切符がアジアで初めて切られたのと同時に、その祭典を中止に追い込む火種が勢いを増していく、混迷の時期だったのだ。

「兄《あん》ちゃん、やっぱ、東京はすごいちゃ。仙台《せんだい》なんかと比べ物になんね」

美津子が感嘆の声をあげる。

「東京はええちゃあ」

「そんなこともねえべ」

羽田《はねだ》の町工場《まちこうば》で働くようになってから、東京では長らく方言は使っていなかったが、妹がお国訛《なま》りを出すと、良彦も自然とそれにつられた。

「オリンピック用に化粧しとるだけちゃ、他んとこはどうってこともねえべ」

「そうかなぁ」

「そうだべ」

郷里《くに》はどこか——。

最近ではそう聞かれるたび、良彦は仙台と答えるようにしている。

上京してきたばかりの頃は、律儀に古川《ふるかわ》と本当のことを伝えていたが、そのたびに相手にきょとんとされるからだ。

陸奥《みちのく》、転じて「未知の国」などと揶揄《やゆ》される東北に詳しい人には、東京では滅多にお眼にかからない。それでも、とりあえず仙台と答えておけば、「ああ宮城県か」と誰もが簡単に納得してくれるので、便利と言えば便利だった。

良彦の郷里古川は、大崎《おおさき》平野が広がる県北に位置する。肥沃《ひよく》な大地に稲田がどこまでも広がる、県内随一の米どころだ。仙台は一応通勤圏内だが、実のところ、古川人と仙台人の心には距離以上に大きな隔たりがある。

元々、宮城県北部を統治していたのは、足利一門の流れを汲む名家、大崎氏だ。その〝公方様《くぼうさま》〟を、仙台の伊達《だて》氏が滅亡に追い込んだことも関係があるのかもしれない。

良彦の家は、大崎氏最後の当主、大崎義隆《よしたか》の名生城《みょうじょう》に仕えていた、この一帯では比較的大きな旧家だったが、祖母の多嘉子《たかこ》は生前、伊達政宗《まさむね》のことを〝秀吉の顔色ばかり窺っている、日和見《ひよりみ》主義の小倅《こせがれ》〟とたびたび罵《ののし》っていた。

「兄《あん》ちゃんも、国立競技場に開会式を見にいったの」

美津子に尋ねられ、良彦は大きく首を横に振る。

「まさか」

開会式の切符なんて、そう簡単に手に入るものではない。

「じゃあ、私らみたいにテレビで見てたの」

それにも良彦は「いんや」と首を振った。

「大森《おおもり》の埠頭《ふとう》でハゼ釣りしてた」

正直なことを告げると、美津子は「なんちゃあ」とあきれた顔をした。

「それじゃ、昼寝してたお父《ど》さんと変わんねえべ」

新聞によれば開会式の視聴率は八四・七パーセントにのぼったというから、日本中ほとんどの人たちがテレビにかじりついていたことになる。その時間に開会式を見ていなかったのは相当の少数派だが、そこに自分と父が含まれているというのは、いささかきまりが悪かった。

父の良一《りょういち》がオリンピックに関心がなかったのは、容易に想像がつく。オリンピックに限らず、父は世の中のほとんどのことに関心が薄かった。

世の中どころか、自分たち家族に対しても――。

ちくりと良彦の胸が疼《うず》く。

仕方ねえべ。

良彦の中に、諦観のようなものが湧く。

お父《ど》さんのことは、よぐ分がんねえ。

父のことはともかく、小さな町工場で毎日油まみれになって働いている良彦にとっても、オリンピックはたいして実感の湧かない他人事《ひとごと》だった。

別段、切符が手に入る訳でもないし、あちこち、やたらと工事をしていて騒音はうるさいし、町は埃《ほこり》っぽくなるし、良彦同様、「なにがオリンピックだ」と、斜《はす》に構えている若い連中は意外に多かった。

正直なことを言えば、オリンピックがどんなものなのか、具体的な想像ができなかったのだ。

良彦の働く羽田の町工場からは、首都高とモノレールの建設現場が見えた。いつまでたっても終わる気配のない工事に、「あれじゃ、間に合う訳ない」「オリンピックは中止だ」と、工員同士で冗談を言い合ったこともある。終わらない工事同様、東京オリンピックも、結局はこないのではないかと思われた。

最終的にモノレールが完成したのは、開会式のわずか二十三日前という有り様だった。

やがて十月十日がやってきたが、やはりその日は良彦にとって、オリンピック開会の日というよりは、半ドンの日という印象のほうが強かった。

午前中の仕事が終わると、良彦は工場の先輩たちに誘われ、大森の埠頭へハゼ釣りに繰り出した。工員の先輩の中には大森の元漁師の家に生まれた人もいて、彼の助言通りに竿を下ろすと、いくらでもハゼが釣れ、面白くて仕方がないのだった。

その日は朝から良く晴れて、絶好の釣り日和だった。十月のハゼは、夏場よりも大きくて立派だ。教わったタイミングでリールを巻き、竿を振り上げれば、真っ青に晴れ渡った秋の空に銀色のハゼがきらきらと舞った。

夢中でハゼ釣りをしているうちに、ふと、不思議なものが良彦の眼に入った。

先ほどまで、空には一片の雲もなかったはずだ。

ところが今は、抜けるほど青い空に、正確に描かれた円のようなものが浮かんでいる。

しかもそれは、一つではない。昼下がりの日差しに眼を細めながら、良彦は首が痛くなるほど上空を眺めた。

一つ、二つ、三つ……。

眩《まぶ》しさに慣れ、全貌が明らかになってきた瞬間、ぞくりと肌が粟立った。

五輪だ。

重なり合った五つの輪が、青い空に浮いている。

気がつくと、周囲にいた全員が、亀のように首を伸ばして空を見上げていた。

東京にオリンピックがやってきた。

そのとき、良彦は心からそう思った。

〝すげえな……〟

誰からともなく感嘆の声が漏れた。

本当に、すごい。

もう誰も、「なにがオリンピックだ」と斜に構えることなどできそうになかった。

戦後復興、高度成長、世界平和、世紀の祭典――。

どれだけ立派なお題目を並べられても実感が湧かなかったのに、真っ青な空に正確に描かれた五輪のマークは、なによりも雄弁だった。

子供時代に訳の分からない敗戦を経験して以来、国がありがたそうに唱えることなど、ほとんど信用できなくなっていた良彦ですら、久々に高揚するものを覚えた。

今度は本当だったのだ。

このとき感じた思いを言葉にすれば、そうなる。

〝絶対に勝つ〟はずだった戦争に負け、〝神〟だった天皇が人間になり、〝神兵《しんぺい》〟が手や脚を失って傷痍《しょうい》軍人になるさまを少年時代に目の当たりにしてきた良彦にとって、それは明らかに、この国が新しい時代を迎えたしるしに見えた。

もちろん失われたものは元に戻らない。

それでも、歴代天皇名の暗唱や、教育勅語や、竹槍や匍匐前進の訓練を、ようやく本当に過去にできる気がした。

全員がそわそわし始め、釣りはあっという間にお開きになった。

「じゃあ、兄《あん》ちゃん。航空自衛隊のジェット機が描いた五輪マークを、直接見たの？」

良彦の話に、美津子がつぶらな眼を益々丸くする。

「ジェット機は見でねえ。ただ空に、マークが浮かんでんのを見ただけだ」

「それだって、すごいっちゃ！」

美津子は甲高《かんだか》い声をあげた。

「やっぱ、東京はええっちゃぁ。私も、東京の会社で働きたいっちゃ」

女子高を卒業した後、現在は仙台の洋品店に勤めている美津子が羨《うらや》ましげに繰り返す。

「そんなええもんでもねえって。もう、オリンピックも終わったんだし」

「本当に五色の輪だったの？」

「いや、色は分がんねがった」

「じゃあ、白黒テレビで見てたのとおんなじだべか」

「多分、おなじだべ」

ニュースによれば、航空自衛隊のジェット機ブルーインパルスは、五色の飛行機雲を上空に描いたらしい。だが、良彦の眼に映ったのは、澄んだ青い空に浮かぶ真っ白なマークだった。

その日は風がなかったため、五輪マークは随分長い間、東京の上空に浮かんでいたそうだが、良彦が気づいたときには、色は既に褪《あ》せてしまっていたのだろう。

蒼穹《そうきゅう》に浮かぶ白い五輪マークは、しかし、却《かえ》って鮮明な記憶として良彦の脳裏に刻まれた。

「親父は、最後までオリンピックを見なかったのか」

父のことに触れると、美津子は少し神妙な面持ちになった。

「うん……。たまぁに覗《のぞ》きにくるくらい」

「それじゃあ」

いつもと同じだな、と続けそうになって、良彦は口をつぐむ。

自分たちが子供の頃からずっと、父は家族に背を向けて、書斎に閉じこもっていた。良彦が覚えているのは、文机《ふづくえ》に座っている父の背中ばかりだ。家族と一緒に食事をとることすら稀《まれ》だった。

父は長年、抑鬱《よくうつ》状態にあった。

当時は神経症と言われていたが、今診断を受ければ、恐らく鬱病と判断されただろう。

「お父《ど》さんは、変わんねえべ……」

吹きつける北風にマフラーを巻き直しながら、美津子が呟《つぶや》く。つぶらな黒い瞳が少しだけ潤んでいた。

オリンピックが終わってから約一か月後。十一月の末に、父の良一が死んだ。

父が一向に書斎から出てこないのはいつものことだったが、その日は食事はおろか、便所にすら立つ気配がなかった。心配した母が部屋に入ったところ、父は既に息をしていなかったそうだ。

書斎に敷かれた布団の中で、父の心臓はひっそりととまっていた。まだ七十二歳だったのに、医者から伝えられた死因は「老衰」だった。

数週間前、良彦は古川に帰り、母や美津子とともに父の葬儀を済ませてきたばかりだ。喪主は、長兄の良治《りょうじ》が務めた。

「兄《あん》ちゃん、実はね……」

ひときわ強い風に髪を煽《あお》られながら、美津子が良彦を見上げた。

その眼差しに、良彦は内心「きたな」と思う。

いくら今年は正月の支度がないとはいえ、父の葬儀を終えてすぐに美津子が東京へやってきた訳が東京オリンピックの名所見物などではないことくらい、電話をもらった晩から薄々勘づいていた。

やはり、なにかあったのだ。古川では容易に話せないようななにかが。

美津子が肩にかけていた鞄に手をやりかけたとき、周囲の様子がぱっと変わった。オリンピック記念塔の先端に、明かりが灯っている。腕時計を見れば、午後四時。

十二月の日は早くも暮れ始めていた。

「綺麗……」

思わずといった調子で、美津子が呟く。良彦は美津子と並び、広場に白く浮かび上がる記念塔を暫《しば》し眺めた。

「場所を移そう。風が強くなってきた」

マフラーに顔を埋めている美津子の肩を、軽くたたく。

「話はそこで聞くよ」

まだ名残惜しそうに記念塔を眺めている美津子を促《うなが》し、良彦は大階段を下り始めた。

「本当に、うちに泊まらなくていいのか」

駅前の喫茶店のソファに腰を下ろし、良彦はコートを脱いでいる美津子に声をかけた。

美津子は今夜、女子高卒業後に上京した友人が働く会社の寮に泊めてもらうという。

「新婚の兄《あん》ちゃんとこにいく訳にはいがねから」

「もう新婚ってもんでもないべ」

良彦は左手の薬指の結婚指輪を撫でた。奮発して買った白金《はっきん》の指輪は、結婚式の当日無理やり指に嵌《は》めてから外せなくなっていた。

良彦が結婚したのは、昨年の秋だ。

かつて東京に赴任していた父の知り合いの伝《つて》で上京した当初、妻の都《みやこ》はまだ高校生だった。だが、近所の公園のベンチで制服姿のまま文庫本を読みふけっている横顔を初めて眼にしたときから、多分この娘と結婚することになるだろうという予感があった。

良彦のこういう勘はよく当たる。

別に運命などではない。良彦は、自分で決めたことには、迷いなく突き進むところがある。

進学校に入ったにもかかわらず、もう家には次男である自分を大学に進ませるための資金がないのだと母から打ち明けられたとき、良彦は田んぼの真ん中に一本だけ通っている線路を、歯を食いしばってひたすらに歩き続けた。

当時の悔しさを思い返すと、今でも足に力がこもる。どうにもできないことは仕方がない。しかし、自分次第でなんとかなることなら、良彦は尽力を惜しまない。

上京や結婚は、あのとき悔しさをこらえて踏みしめた線路の先にあったのだと、良彦は考えている。

都が高校を卒業すると、良彦は勇んで声をかけた。近所に住む工員としか自分のことを認めていなかった都は最初はきょとんとしていたが、一緒に古本屋を巡ったり、名画座に足を運んだりするうちに、次第に距離が縮まった。

〝俺以上にいい男なんてどこにもいない〟

自信満々に告げたとき都は失笑していたが、結局、この言葉が求婚のきっかけとなった。

今日も、本当は一緒にくるように誘ったのだけれど、兄妹だけでいってこいと、やんわりと断られた。

「自分はいかないほうがいい」という都に、「なんでだ」と問いかけたところ、「なんででも」と、意味ありげに目配せされた。

元々都は休日もあまり外に出たがらず、家で本ばかり読んでいる。加えて、最近体調があまりよくないようだった。

それに関してはもう一つの予感があるのだが、都が口に出すまで、良彦はその期待を胸の奥に秘めておこうと決めていた。

「都がよろしくと言っていたよ」

みっこさんによろしく――。

妻が言ったとおりに伝えたのに、美津子は「そう」と気がなさそうに頷《うなず》いてメニューに眼を落としている。

「ねえ、兄《あん》ちゃん」

散々迷った末に、コーヒーとプリンアラモードを注文すると、美津子はぐるりと喫茶店内を見回した。

「東京の女性《ひと》って、みんな、都さんみたいにお洒落なのかと思ってたら、そうでもないんだね」

声を潜めて結構意地の悪いことを言う。

「東京、東京言うけどさ……」

良彦も声を低くした。

自分もまた上京して初めて知ったのだが、実のところ、東京の街で働いているのは、ほとんどが地方出身者だ。

彼らが古川がどこにあるのかを知らないように、良彦もまた、九州や四国の地名を出されると、それがどこなのか皆目見当がつかなかった。

日本の中心都市として常に最先端をいき、華やかに見える東京は、その実、田舎から寄せ集められた人たちの下支えによって回っている。

良彦の説明に、「ふーん」と美津子はつまらなそうな顔をした。

「じゃあ、やっぱり都さんが特別センスがいいんだ」

「そうかね」

「そうだよ。いっつもすてきにスカーフ巻いてて。さすがは兄《あん》ちゃんが選んだ人って感じだよ。名前だって〝都〟だなんて、都会的だし」

美津子はあまり面白くなさそうに呟いた。

現在川崎《かわさき》で暮らしている長兄の良治は、十歳年が離れていることもあり、物心ついたときには既に大人で一緒に遊んだ思い出もないが、三歳違いの良彦と美津子は距離が近い。

色白で、大きな黒い瞳を持つしっかり者の美津子は、今も昔も良彦の自慢の妹だ。その美津子もいずれは嫁にいくのだと考えると、急に穏やかでないものが込み上げた。

その瞬間、「なんででも」と意味ありげに目配せした都の意図が、初めて分かった気がした。

「あ、そうだ」

果物や生クリームで美しく飾られたプリンにさじを入れていた美津子が、突然声をあげる。

「な、なんだべ」

思わずうろたえた声が出たが、良彦の動揺にはまったく気づかぬ様子で、美津子は皿の上にさじを置いた。

「さっき、お父《ど》さんがほとんどオリンピックを見なかったって言ったけど、閉会式だけは見てた」

「閉会式」

繰り返した良彦に、美津子は「そう」と頷く。

「閉会式のときは、ちらりと見た途端、すごく不機嫌になって、昼寝しにいっちゃったのに」

「不機嫌？　なんで、また」

「知らない」

美津子が肩をすくめた。

「でも、どういう訳か、閉会式だけは最後までちゃんと見てた」

ハプニング的な展開となった閉会式のことを、良彦は思い返す。

晴天に恵まれた開会式とは裏腹に、閉会式は時折雨がぱらつくぐずついた天候になった。曇天《どんてん》の下、祭りは寂しく終わっていくのだろうと思われた。しかし、旗手の入場が一通り終わった瞬間、会場の様相は一変した。

すべての競技を終え、解放された選手団が、突如、大勢でスタジアムになだれ込んできたのだ。

朗らかに笑い、高々と帽子や手を振りながら、各国の選手団が入り乱れて、押せや押せやとやってきた様子は、良彦もよく覚えている。旗手団の最後を歩いていた日本人旗手は、追いついてきた彼らにあっという間に肩車されてしまった。

これには、国立競技場の巨大なスタンドをぎっしりと埋め尽くす観客たちも大きな歓声をあげた。厳粛な雰囲気が打ち壊され、スタジアムに高揚したお祭り気分が満ちていく様は、テレビ越しに見ていても爽快だった。

幾人かの係員は制止を試みたようだったが、それを振り切り、グラウンドを駆け回る選手まで現れた。国籍を超えた人々が手を取り合い、輪になってぐるぐると踊り出す。

無秩序で、晴れやかで、快活で、笑顔と拍手にあふれた、実に自由奔放な行進だった。

「そんとき、お父さん、なんか嬉《ど》しそうだった」

美津子の声にしみじみとしたものが混じる。

「競技はちっとも見なかったくせにね」

「そうか」

親父らしいと言えば、親父らしい。

良彦の胸にも微《かす》かな感慨が湧いた。

すべての抑圧から解放されて朗らかに笑い合う選手たちを、静かに、けれど満足げに眺める父の姿が、眼に浮かぶようだった。

「兄《あん》ちゃん」

プリンアラモードをきれいに平らげた美津子が、改まったように居住まいを正す。

「さっきの話の続きなんだけど」

美津子は鞄の中から、分厚い紙包みを取り出した。

「お父《ど》さんの書斎の机の抽斗《ひきだし》から、これが見つかったの」

差し出された紙包みを受け取り、良彦はそれを開いてみた。中には、紐でくくられた古い帳面の束が入っていた。

「なんだべ、これ」

「日記……みたいなの」

生前、父が細々《こまごま》と帳簿をつけていたことは、良彦も知っている。でもあれは、父が祖母から引き継いだ出納簿《すいとうぼ》ではなかったか。

「田畑《でんばた》の金銭簿でねのが」

「それとは違う」

良彦の問いに美津子は首を横に振った。

葬儀の翌日、仕事の都合で良彦が一足先に東京へ戻った後、書斎を片づけていた美津子が、抽斗の奥に紐で固く縛られたこれらの帳面を見つけたのだという。

「最初は良治兄《あん》ちゃんに渡したんだけど……」

美津子が言葉を濁す。

喪主として古川にとどまっていた良治はそれを処分しろと、美津子に告げたらしい。

「良治兄《あん》ちゃんは、なんでまたそんなことを」

「読んでると、気が滅入《めい》るからだって」

「気が滅入る？」

「うん」

浮かない表情で、美津子は頷いた。

良彦は、紙包みの中の古い帳面の束を見つめる。一番上の帳面は、表紙が外れかけていたが、セロテープで補強されていた。父はこれらの帳面を、存外大切にしていたのかもしれない。

「けんど、お父《ど》さんの形見だし」

コーヒーを一口すすり、美津子がそっと顔をうつむけた。

会話が途切れると、急に周囲の喧騒が耳をつく。年末に向けての買い物を終えた人々が、大きな紙袋を脇に置いて、にぎやかにおしゃべりをしている。オリンピックが終わったら一億総勢オリンピック惚《ぼ》けになると、各新聞は危惧《きぐ》していたが、そんなことは微塵《みじん》もないようだ。

そこにあるのは、いつもの慌ただしい十二月の一齣《ひとこま》だった。

「……で、みっこは読んだのか」

良彦は、帳面の束を紙で包み直す。

「少しだけ」

「そんなに気が滅入るような内容なのか」

美津子は曖昧《あいまい》に視線を漂わせた。

「私にはよぐ分がんねがった。文字も達筆すぎて、読みづらいし」

「おふくろには？」

「言ってない。良治兄《あん》ちゃんが、言うなって」

だが処分をする前に、良彦の意見を聞いてみたかったのだと美津子は言う。

「だって、やっぱり、お父《ど》さんの大事な形見だから」

「そうか……」

帳面を前に、良彦は我知らず低くうなっていた。

常に自分たち家族に背を向けていた父が書斎で密かに綴《つづ》っていたらしい、〝気が滅入る〟〝よく分からない〟日記――。

「まずは、兄《あん》ちゃんも読んでみて」

妹からそう頼まれれば、無下《むげ》に断る訳にはいかなかった。

帳面をくるんだ分厚い紙包みを、良彦は改めて手に取ってみる。

ずしりと心が重くなった気がした。


その晩、妻の都が銭湯にいくのを見送り、良彦は一人、狭いアパートの一室で腕を組んだ。

部屋の隅には、美津子から預かってきた紙包みが置いてある。

一緒に銭湯へいこうという都の誘いを適当に理由をつけて断ったのに、良彦はそれをすぐに手に取ることができなかった。

美津子は紙包みを渡して肩の荷が下りたのか、都が銀座の百貨店で見繕《みつくろ》った土産のスカーフを手に、嬉しそうに友人の寮に向かっていった。

〝都さんが選んでくれたスカーフなら、間違いない。だって都さん、本当にセンスいいもの〟

今度は屈託なくそう言って、瞳を輝かせていた。

現金なもんだべ……。

なんだか重荷を押しつけられたようで、溜め息が出る。

とは言え、いつまでも、手をこまぬいている訳にもいかない。良彦は思い切って、部屋の隅に置かれた紙包みを手元に引き寄せてみた。包みを開き、帳面を束ねている紐を解く。

数冊に亘る帳面は、既に色が変色しているものもあった。一番古そうな帳面の表紙に印刷された「自由日記」という文字は、右から印字されている。

もしかしたらこれは、戦前や戦中に書かれたものなのだろうか。

良彦は自ずと口元を引き締める。

自分が生まれたとき、父は長らく東京に単身赴任していた。時折帰ってくるだけの父との間に、それほど多くの記憶はない。

しかし、良彦が国民学校の少国民として毎日教育勅語や歴代天皇名の暗記と格闘しているときに、父は突然古川に戻ってきた。

その理由は、子供時代の自分には分からなかった。

祖母も母も、誰も説明してくれなかったし、当の父は、書斎に閉じこもって、ほとんど部屋から出てこなくなった。

盆や正月に帰ってきたときの父とは、明らかに様子が違っていた。

元々無口で静かな人だったが、必ず家族へのお土産を買ってきてくれる優しい父親でもあった。その父が、食事のときでさえ、滅多に家族の前に姿を現さなくなった。

非国民。

やがて良彦は、父が近所からそう陰口をたたかれていることに気がついた。

どうやら突然の帰郷の陰には、父が〝非国民〟と呼ばれるに至った理由が隠されているらしい。祖母も母も、それをひた隠しにしていたが、子供ながらに肌身に感じずにはいられなかった。

毎日、竹槍で鬼畜米英を模した藁人形《わらにんぎょう》を突く訓練をし、お国のために〝神兵〟になることを信じて疑わなかった良彦は、そんな陰口をたたかれる父のことが、ひたすらに恥ずかしくて仕方がなかった。

お父《ど》さん――。

帳面を前に、良彦は瞑目《めいもく》する。

あのとき父は、竹槍を手に〝神兵〟を気取っていた息子のことを、心の中ではどう思っていたのだろう。

戦争が敗戦に終わり、非国民などという言葉は人の口にのぼらなくなったけれど、父は変わらなかった。常に書斎に閉じこもり、家族に背を向けていた。

少年時代、廊下から覗き見る書斎は、昼なお暗く、そこだけが違う世界のようだった。

本棚には、古川出身の政治学者、吉野作造《よしのさくぞう》の民本主義《みんぽん》に関する著作、哲学や道徳に関する書籍、洋書等、当時の良彦には難しすぎる分厚い本がずらりと並んでいた。

書物に埋め尽くされた書斎の隅には、父の趣味の一つだった天体観測に使う望遠鏡も置かれていた。

あの異界のような書斎で、父はたった一人でなにを考えていたのだろうか。

良彦は「自由日記」と印字された、一番古そうな帳面を手に取った。

子供の頃から、謎でしかなかった父。

その父の心に分け入っていくような、大きな不安と畏《おそ》れと、一抹《いちまつ》の好奇心があった。

意を決してページをめくれば、ブルーブラックのインキで書かれた達筆な文字がびっしりとページを埋め尽くしている。癇性《かんしょう》なほど隙間なく並んだ細かい文字は、確かに陰鬱だ。

長兄が妹に処分を命じた、〝気が滅入る〟日記。

美津子もこの文字を眼にしたのだろう。

いつだったか、幼い美津子と二人、茫々《ぼうぼう》とした闇を前に立ちすくんだことがあった。

あれは、錦繍《きんしゅう》の鳴子峡《なるこきょう》に、二人きりでトンネルを見にいったときのことだ。
そのときの、巨大な空洞に吸い込まれていくような心持ちがひたひたと押し寄せる。
父の日記を手にしながら、いつしか良彦は、遠い少年時代の日々に思いを馳せていた。

第一話

錦《きん》秋《しゅう》のトンネル

昭和十九年

朝起きると、台所から煮物の匂いがした。

国民学校へいく日なら決まって寝床でぐずぐずとするのだが、日曜となればそうはいかない。良彦は掛け布団を蹴って、勢いよく寝床から飛び起きた。

待ちに待った日曜日。しかも、今日は特別な日なのだ。

窓の外には秋の澄んだ青空が広がっている。おあつらえ向きの天候に、良彦の心が否応なく逸った。

「みっこ、起きんべ」

手早く寝具をまとめながら、隣で眠っている妹の美津子をたたき起こす。

美津子は二、三度眠そうに眼をこすったが、すぐに自分で着替えを始めた。

おかっぱ頭を手ぐしで梳《と》き、釦《ボタン》も器用に留めていく。美津子は幼いながらも聞き分けのよい、賢い妹だ。五歳になった今は、夜中に布団に地図を描くようなこともなくなった。

「ほら、みっこ、いぐべ」

良彦は美津子を引き連れて部屋を出る。洗面所へ向かう板張りの廊下は黒光りしていて、塵《ちり》一つ落ちていない。毎朝、母の寿子《ひさこ》が早く起きて掃き清め、雑巾がけまでしているからだ。

　良彦の家は、藁葺《わらぶ》きが多いこの一帯では珍しく、母屋に立派な瓦《かわら》屋根を載せた比較的大きな旧家だった。ご先祖たちは、かつてこの地方を治めていた大崎公方様の城に仕えていたのだそうだ。ほかの家にはない、長い渡り廊下や蔵《くら》があり、母は朝から晩までどこかしらを掃除したり、磨いたりしている。

　それを〝嫁の務め〟だと、祖母の多嘉子は偉そうな口をきくが、良彦にはその理屈が理解できない。あんなに威張り散らしてばかりいないで、よその家と同じように、祖母も母と一緒に働けばいいと思う。

「みっこ、耳の裏までよぐ洗えよ」

　洗面所に到着すると、良彦は妹の分まで桶《おけ》に水を汲んでやった。

「兄《あん》ちゃん、ひゃっこい」

　小さな手を水に浸し、美津子が口をとがらす。

「ひゃっこくても、しょうがねえべ」

　良彦は水に手を突っ込んで、ざぶざぶと顔を洗い始めた。国民学校の三年生となった自分は、立派な少国民として、妹に手本を示さなければならない。

　良彦が顔のついでにいがぐり頭まで洗い出したのを見ると、美津子もあきらめたように掌《てのひら》に水をすくった。洗面所の水は、十月に入ってから急に冷たくなった。これから雪と曇天に閉ざされる、北国の長い冬がやってくる。今は一時《いっとき》の穏やかな季節だ。窓から差し込んでくる朝の明るい日差しに、良彦は眼を細めた。

こうしてはいられない。

乱暴に顔をふき、良彦は台所の母の元に飛んでいった。

「お母《が》さん！」

竈《かまど》で煮炊きをしている寿子が、額の汗をぬぐいながら振り返る。

「よっちゃん、起ぎたのか。みっこは？」

「みっこも起ぎた。今、顔洗ってる」

「ほんなら、みっこにあっだけえかっこさせてな」

「分がった」

頷きつつ、良彦は肝心なことを聞く。

「お母《が》さん、荷物は？」

「仏間にばば様の着替えさ、まどめであっがら、風呂敷で包んでけろ」

「分がった」

普段ならこんなに簡単に母の言いつけを聞いたりしない。けれど、なにしろこの日の〝手伝い〟は特別なのだ。

良彦は再び黒光りのする廊下を踏んで、奥の仏間に向かった。

「兄《あん》ちゃん、待ってけろ」

顔を洗い終えた美津子が、途中からとことこと後をついてくる。

「みっこ、山さいぐからあっだけえかっこしろ。寒ぐねが」

「寒ぐね」

赤い毛糸のズボンをはいた美津子は、きっぱりと首を横に振った。

最近美津子は、家の中でも外でも、影のように良彦の後をついてくる。ときどき鬱陶《うっとう》しくも感じるが、子分ができたように思えば悪くない。

美津子を連れ、良彦は渡り廊下を進んだ。

家の一番奥にある仏間は日が差さず、今の季節はもちろん、夏でもひんやりとしている。襖《ふすま》をあけると、線香の匂いが漂った。

鴨居《かもい》にずらりと先祖の遺影が並ぶ、昼なお暗い大きな座敷は、どことなく薄気味が悪い。特に、天狗《てんぐ》を思わせる眼光の鋭い白髪《はくはつ》の老人の肖像が、良彦は苦手だ。だが、妹の手前、そんなことはおくびにも出せない。それに今日の〝手伝い〟のことを思えば、実際気にもならないのだった。

箪笥《たんす》の前に、祖母の多嘉子の着物や襦袢《じゅばん》が畳んであるのが眼に入る。早速それを風呂敷で包んで背負ってみた。

婆《ばばあ》の着替えを運ぶのなんぞ、面白ぐもなんどもねえけんど――。

良彦は、ふんと鼻を鳴らす。

母の寿子にすべての雑用を押しつけて、祖母の多嘉子は現在、一人で鳴子温泉郷の中山平温泉《なかやまだいら》へ優雅に湯治に出かけている。なんでも、冬がくる前に腰痛を軽くしておきたいのだそうだ。

「贅沢は敵だ」「一億一心火の玉」「欲しがりません、勝つまでは」

良彦が通う国民学校では、毎朝、こうした標語を暗唱させられているというのに。

現在は大きな戦争中で、日本の勇敢な兵隊さんたちは、世界中で鬼畜米英と戦っている。だから、銃後の自分たちも不自由な生活を我慢しなければいけない。

先週、校長先生から聞かされたばかりの話を、良彦は鸚鵡《おうむ》のようにそっくりそのまま反芻《はんすう》してみる。

もっとも、毎晩のように空襲警報が鳴るという東京に比べ、この村は静かなものだった。畑にいけば野菜もあるし、森にいけば茸《きのこ》や野草も豊富に取れる。別段、それほど不自由もしていない。

とは言え、一人で遊行《ゆうこう》するような婆は、この辺りでは多嘉子だけだ。

大日本婦人会の代表だがなんだがしんねえけんどよ――。

いつも女帝の如く振る舞っている祖母のことを、良彦は快く思っていなかった。

無論、それは相手も同様だ。

祖母は長兄と妹のことはそれなりに可愛がるが、その間で悪さばかりしている良彦のことは、同じ孫でも蛇蝎《だかつ》の如く嫌っていた。

〝こんの悪ガキ、お前《め》は良彦なんがでねえ、悪彦《わるひこ》だっ〟

大量の蛙を土間に放したときも、近所の犬の鎖を全部外して回ったときも、多嘉子は頭から湯気が出そうな勢いで怒鳴り散らした。

婆の逆鱗《げきりん》など、良彦にとっては鼻くそ程度のものでしかなかったが、そのたび、母の寿子までが激しく叱責されるのは、さすがにいたたまれなかった。

しかし、犬猿の仲の祖母ではあっても、たまにはいいこともある。湯治先に着替えを届けるために、この日、良彦は汽車に乗せてもらえることになったのだ。

祖母の荷物を背に、良彦は胸を張ってみる。

妹のみっこはただのおまけだが、既に少国民である自分は、正真正銘、立派な母の手伝いだ。

汽車に乗る――。

そう考えただけで、湧き上がる興奮を抑えることができない。

蒸気機関車の汽笛が聞こえてくると、良彦はどこにいても線路脇まで駆けていった。田んぼの中を、真っ黒な煙をもくもくと吐きながらひた走る機関車の姿は、いつ見ても壮観だ。その憧れの蒸気機関車が引っ張る汽車に、今日は母と妹と一緒に乗り込むことができるのだ。良彦にとっては久しぶり、美津子にとっては初めての経験だった。

「ののさん」

わくわくと胸を躍らせていると、美津子がふいに指をさした。妹が見ているのは、箪笥の横に飾られた結婚式の写真だ。

「ののさんでねえ」

風呂敷包みを下ろし、良彦も写真に見入る。

写真の中には、真っ白な装束に身を包んだ美しい女と、羽織袴姿の背の高い男が並んでいた。美津子は裏庭の近くにあるお稲荷《いなり》様を連想して「ののさん」と言ったのだろう。確かに二人は祠《ほこら》を護《まも》る白狐によく似ていた。

「これは、じじさんとばばさんだ」

良彦が言い聞かせると、美津子は腑に落ちない顔になる。

きりりとこちらを見つめる目鼻立ちの整った二人は、真に美男と美女だった。以前、寿子から、その若く美しい女が、今は横柄《おうへい》な婆でしかない多嘉子だと聞かされたときは、良彦もにわかには信じることができなかった。

旧家の一人娘だった多嘉子は、父亡き後、傾きかけた家を立て直すために、婿《むこ》を迎えたのだという。

だが良彦が物心ついたときには、婿である〝じじ様〟の姿はどこにもなかった。鴨居に掛かるご先祖の遺影の中にも、じじ様はいない。

じじ様は、この結婚式の写真の中にしかいなかった。

親戚たちが陰でこそこそしている噂によれば、美男のじじ様は大金を持ち出して、ある日突然姿をくらましてしまったらしい。

じじ様がどこへいったのかは、誰も知らない。

「よっちゃん、みっこ、準備さでぎだか」

廊下の向こうから響いてきた母の声に、良彦は我に返った。

「でぎだどぉ」

大声で叫ぶや、風呂敷包みを背負い、妹の手を引いて仏間を出る。

「お母《が》さん、出発ちゃ」

勇んで廊下を駆け出すと、両手一杯に荷物を抱えたモンペ姿の寿子が、顔をしかめた。

「走んでねぇ、走んでねぇ」

「けんど、お母《が》さん、もう汽車が出るど」

「まだ時間はあるべ、お父《ど》さんに、ちゃんと挨拶してけらぃん」

その瞬間、期待ではち切れんばかりに膨らんでいた良彦の心が、針で刺されたようにしおしおと萎《しぼ》む。

「ほら、早ぐ」

けれど母からそう促されると、従わない訳にはいかなかった。父母への挨拶は、少国民の義務でもある。美津子の手を放し、良彦はのろのろと父の書斎へ向かった。

実のところ良彦は、うるさい祖母の多嘉子以上に、父の良一が苦手だ。

十歳年上の兄、良治は父と過ごした時間がそれなりにあるらしいが、良彦にはまとまった記憶がない。良彦が生まれるずっと前から、父は東京に単身赴任していた。

高等師範学校出の良一は、東京の中学校の教師だった。

兄の良治が幼い頃には、夏休みや春休み等の長期休暇のたび、父は古川に戻って長く過ごしていたようだ。以前、母からそのときに父が残したスケッチを見せてもらったことがある。

スケッチブックには、幼い兄と母の様子が木炭で何枚も描かれていた。

父は、昔から絵を描くのが好きだったらしい。

他にも、良彦の家には、父が東京へ単身赴任する前に母に残していったという油絵の自画像がある。カンバスの中の父は、実直な眼差しで、じっと前を見ている。この油絵を、母は針仕事をする部屋に今も飾っていた。

しかし、自分と美津子の絵は一枚も残っていない。どうしてかと母に尋ねたところ、

「お父《ど》さんの仕事が忙しくなったから」と、曖昧に言葉を濁された。

長男である良治はともかく、父は自分や美津子には関心がなかったのだろうか。

時折、良彦はそんな思いにとらわれる。

物心ついた頃から、良彦にとっての父は、盆と正月に顔を見せにくるだけのどこか遠い人だった。

それでも、思えばあの頃は、まだましだったのだ。

帰郷の際は、必ずお土産を買ってきてくれたし、正月は庭に出て餅もついた。朝昼晩と家族と一緒に食事もした。たまに庭に天体望遠鏡を出して、自分や美津子に星を見せてくれることもあった。絵を描くこと以外で、父が殊《こと》の外《ほか》好んだのが、天体観測だった。

〝この宇宙の彼方《かなた》には、不思議なものがたくさんあるんだよ〟

父は夜空を指さして、土星や木星や、そのほかの星々について色々な話をした。少々難しすぎて、美津子などはぽかんとしていたが、普段、口数の少ない父が細やかな説明をしてくれることが嬉しくて、良彦は興味のあるふりをして相槌を打った。

ところが、昨年「少し早い定年」を迎えて突然この家に戻ってきた父は、明らかに様子が違っていた。

うちのお父《ど》さんは、まどもでねえ——。

良彦は、廊下の木目《もくめ》を見つめて歩く。

もともと無口な人ではあったけれど、今は一緒に暮らしていても声を聴くことすら稀だ。

なぜなら、父は……。

その先のことを考えるのが嫌で、良彦は唇を噛む。

兄の良治は仙台の師範学校に通っていたが、現在は勤労奉仕のために軍需工場で新型落下傘《らっかさん》の開発に携《たずさ》わっている。将来は、技術将校になるという。そんな兄のことが、良彦は自慢だ。

しかし、父は違う。

幾何学が専門の兄と異なり、父の専門は、こともあろうに敵性語である英語だった。

英語と言ったら、鬼畜米英の言葉ではないか。

なして、うちのお父《ど》さんは、そっだら言葉を教えてたんだべか——。

古川に戻ってきた父は、一応、役場の会計係という職に就いているらしい。しかし、職場に通っているのを見たことは一度もなかった。

職場どころの話ではない。

父は一日中書斎に閉じこもっている。三度の食事も、母に書斎まで運ばせて、家族と一緒に食べようとはしない。

朝と晩に一度ずつ、良彦は父に挨拶に向かわされるが、見るのは、びっしりと書籍が詰まった本棚に囲まれた書斎で常に机に向かって座っている後ろ姿だけだった。

このままでは、一緒に暮らしているにもかかわらず、父の顔を忘れそうだ。

母の仕事部屋に飾ってある父の自画像は、あんなに真っ直ぐに前を見つめているというのに。

絵の中の父のほうが、実際の父より、よっぽど生き生きとして見える。

やがて書斎の前についてしまい、良彦は大きく一つ息を吸った。

「お父《ど》さん」

声をかけると、「入りなさい」と、襖の奥から低い声が響いた。

襖をあければ、昨晩見たのとまったく同じ背中がそこにある。父が昨夜から一睡もせずにその場に座り続けているのではないかと、良彦は内心気味が悪くなった。

「ばばさんのどころに、いって参ります」

良彦は廊下に正座して頭を下げる。

「いってきなさい」

口調は穏やかだが、父がこちらを振り返る様子は微塵もない。

東京暮らしが長かった父の訛りのない言葉も、家族のことをまるで空気の如く遣《や》り過ごそうとする態度も、他人じみていて良彦は気に入らなかった。

家の中で一番偉い父親に、楯突くような真似をしてはいけない。

国民学校の修身の時間でも、常々そう習っている。

けんど、それはまどもなお父《ど》さんの場合でねのが――。

一日中書斎に引きこもり、息子の顔もろくに見てくれない父親が、まともだとは思えない。

それに、父が東京から古川に戻ってきたのは、本当は「少し早い定年」などという穏やかなものではなかったようだ。祖母の多嘉子も、母の寿子もひた隠しにしようとしているが、そうそう隠し切れるものではない。

父が戻ってきた当初、隣家の井出《いで》のおんちゃんが、酔っ払っては家の前で夜な夜な怒鳴り声をあげていた。

〝なにが旧家か、気取りくさってでぇ。ごの家の主人の良一は、非国民だど！　良一の馬鹿野郎ぉおおおっ！〟

罵声《ばせい》が聞こえるたび、祖母が鬼の形相《ぎょうそう》で表へ飛び出していく。祖母がおんちゃんを上回る大声で怒鳴り返している間、母はただ黙って下を向き、自分と妹を早く寝かせつけようとするのだった。

情げねえ。

襖を閉めると、良彦はぎゅっと唇を引き結んだ。

〝いってきなさい〟

父の声が穏やかであればあるほど、胸の奥から黒い雲が湧き起こる。

良彦の夢は海軍飛行予科練習生――予科練になることだ。

桜と錨《いかり》の模様を組み合わせた金釦。詰襟《つめえり》の制服にずらりと並ぶ、七つの釦は、世界の七大洋を表していると聞く。まさに、大海原を越えて大空を駆け巡る少年兵にふさわしい。

良彦の胸に、今年の夏、茨城《いばらき》の霞ヶ浦《かすみがうら》の飛行訓練所より一時帰郷した水野《みずの》さんの姿が浮かぶ。

水野さんは、国民学校の上級生の兄さんだ。

真っ白な海軍の夏服に身を包み、腰に短剣を提げた水野さんの姿は、若き軍神のようだった。

上級生が見せびらかすように学校に連れてきた水野さんは、物静かで優しく、良彦たちがせがむと、腰の短剣を外して、直接触らせてくれたりもした。

大騒ぎする自分たちを前に、穏やかに微笑んでいる水野さんの様子は、この上なく崇高に見えた。良彦は憧れのあまり、眩暈《めまい》がしそうだった。

駅前の映画館で『決戦の大空へ』という映画を見たとき、主人公の姿が水野さんと重なった。水野さんもやがては訓練所を卒業し、大空へ飛び立っていくのだろう。

良彦の家からは、時折、近くの王城寺原《おうじょうじはら》飛行場から飛んでくる軍用機が見えることがある。軍用機を発見すると、良彦は庭の柿の木伝いに母屋の瓦屋根によじ登り、そこから千切れるほどに手を振った。ごく稀に、良彦の姿に気づいた操縦士が、大きく旋回して応《こた》えてくれることがあるからだ。

そんなとき、自分もいつかは水野さんのように戦闘機乗りになって、お国のために戦うのだと、良彦は決意を新たにした。

男なら、お国のために命を賭《と》して戦いたいと思うのが当たり前だ。

そのために、少国民である自分たちも、毎日、竹槍で鬼畜米英を模した藁人形を突く訓練に精を出している。

隣家の井出のおんちゃんだってそうだ。あのおんちゃんは、勇ましい。

井出のおんちゃんは、このところ猟銃を担いでよく周辺を闊歩《かっぽ》している。いつなんどき、鬼畜米英が襲ってくるようになるか分からない。万一のときには、この猟銃で奴らを撃ち殺してやるのだと、おんちゃんは気を吐いていた。

そんな井出のおんちゃんを、良彦は心底立派だと思う。有事の際は、自分もおんちゃんに倣《なら》って、竹槍訓練の成果を披露するつもりだ。

「一億一心火の玉」で、誰もが覚悟を決めているのだ。

しだっけ、うちのお父《ど》さんはよ——。

なにもかもに背を向けて、書斎に閉じこもっている父の後ろ姿を思い返すと、これから汽車に乗る嬉しさも忘れ、良彦の心は重くなる。

うちのお父《ど》さんは、本当《ほんど》に情げねえ。

たまさか書斎を出てきたかと思えば、一人で天体望遠鏡を覗いている。

自分たち家族のことはちっとも見ようとしないのに、木星だの土星だのを探して、一体、なにが面白いのだろう。

本当のことを言えば、良彦は、父の〝秘密〟を知っている。

少し前に、井出のおんちゃんが村の誰かと立ち話しているのを、こっそり聞いてしまったのだ。

父は東京の中学校で、生徒たちに信じられないことを告げたらしい。

日本は、この戦争に勝てない。

だから、未来のある諸君は、断じて戦争にいくべきではない、と。


汽笛と風の音が、耳のすぐ側で入り混じる。

母が握ってくれたお結びを汽車の中で平らげると、良彦はさっそく窓から首を出した。

見慣れた田んぼの畦道《あぜみち》が、次々と後方へ飛び去っていく。

その様子を眺めていると、良彦の胸は否応なく躍った。先ほど父に抱いたくさくさとした気持ちも、一緒に吹き飛ばされていくようだ。

「兄《あん》ちゃん、汽車、速いっちゃ」

良彦を真似て首を出した美津子が、おかっぱ頭を風に乱されながら、興奮した声をあげた。

再び甲高い汽笛が鳴り響き、良彦と美津子は訳もなく笑い合う。

「兄《あん》ちゃん、汽車、どごさいぐの」

「鳴子《なるご》までちゃ」

中新田《なかにいだ》から、鳴子へ向かう下りの列車は空《す》いていた。

豊富な湯量で県外にも知られる鳴子温泉郷は「なるこ」が正式名称だが、良彦たち地元のものは「なるご」と濁って発音する。

「お母《が》さ……！」

大声をあげかけた美津子の口を、良彦はふさいだ。

たくさんの荷物を隣の座席に置いた母の寿子は、車窓から吹き込んでくる風に吹かれながら、気持ちよさそうに目蓋《まぶた》を閉じている。

ひっつめ髪からこぼれた後れ毛が、そよそよと揺れていた。

「しーっ」

母の束の間の解放感を見て取った良彦は、できるだけ邪魔をしないように、唇の前に人差し指を立てた。美津子も神妙な表情で頷き返す。

お母《が》さんは大変だ。

良彦ですら、〝非国民〟の父のことを考えると、心臓がきりきりと痛くなる。ただの一度も新しい職場に通おうとしない父のために、母がどれだけ心苦しい思いをしているかは、良彦なりに理解しているつもりだった。

加えて、鬼婆の世話もある。

朝から晩まで、母にあれやこれやと命令している祖母の横柄な姿を、良彦は頭から振り払った。せっかく今は、母と妹との楽しい時間なのだ。この先で待っているのは件《くだん》の鬼婆だが、せめて今は道中を存分に楽しもう。

車窓の外は見渡す限り、広々とした田園だった。所々に祠を擁した鎮守の森が現れるが、高い山はどこにもない。

良彦は窓から首を思い切り突き出して、風を顔一杯に受けてみる。勇ましい汽笛の音が鳴り響くたび、美津子も瞳をきらきらと輝かせて、窓から身を乗り出した。

田んぼの畦道には、何本もの柿の木が、たわわに夕日色の実をつけている。そろそろ干し柿づくりが始まる季節だと、良彦はぎっしりと実をつけた柿の木を何本も見送った。

やがて、地平線まで続く平原が、段々と山深い風景に変わっていく。

列車が鳴子に近づくと、眼を覚ました寿子は慌てて荷物をまとめ始めた。

「よっちゃん、ばば様の荷物、しっかり持ってけろ」

良彦を振り返るなり、寿子はぷっと噴き出した。

「二人とも、なんだべ、その顔」

良彦と美津子を指さし、母がおかしそうに笑う。

頬を触れれば、指の腹が黒く染まった。ずっと窓から顔を出していた良彦と美津子の顔は、蒸気機関車の煤《すす》で、すっかり真っ黒になっていた。

「ほら、ちゃんとふいてな」

母に渡された手拭いで顔をふきながら、汽車を降りる。

ここから中山平温泉までは、路線バスに乗るのだ。

空いていた汽車とは違い、やってきたバスは満員だった。乗っている人たちは、皆、大きな荷物を抱えている。

「よっちゃん、みっこのこと見ててけろ」

食料の荷物を両手に抱えた寿子は、必死にバスの奥へと身を潜《もぐ》り込ませた。良彦は風呂敷包みを担ぎ直し、美津子の手をしっかりと握って後に続く。

「よっちゃん、こっちさおいで」

母がこじあけてくれた場所に、美津子をかばいながらなんとか滑り込み、良彦は息を潜めた。他の人たちの荷物に押されつつ、美津子もじっとうつむいて耐えている。

立錐《りっすい》の余地もないほどぎっしり人と荷物を詰め込み、バスはのろのろと発車した。

急勾配を上っているらしく、車内が何度も大きく傾く。そのたびに、知らないおんちゃんの大きな荷物がぎゅうぎゅうと顔に当たった。

周囲のおんちゃんたちの着古した着物が汗臭い。傍《かたわ》らの美津子にできるだけ圧がかからないように、良彦は両脚に力を込めて踏ん張った。もう洗面所の水が冷たくなる季節なのに、まるで真夏のように蒸し暑い。良彦の額や胸を、汗がたらたらと流れた。どれくらいそうしていたのだろう。

突然、ガタンと大きな音をたててバスがとまった。

中山平温泉の停留所に到着した途端、すし詰め状態になっていた乗客たちが、出口からどっと吐き出されていく。

「よっちゃん、大丈夫か」

母に手招きされ、良彦は美津子の手を引いてタラップを飛び降りた。

その瞬間、山の涼しい空気が両頬を打つ。

汗だくの身体が、気持ちの良い風に包まれた。良彦は大きく深呼吸する。ようやく人いきれから解放されて、生き返ったような気分になった。ぐったりしていた美津子もそろそろと顔を上げる。

「わあっ」

良彦と美津子は、ほとんど同時に大声をあげた。

山が鮮やかに染まっている。

燃えるような赤、濃い紅、柿のような橙《だいだい》色、陽光に輝く黄金色——。

まるで千代紙《ちよがみ》の如く、とりどりの色彩が、山の斜面をどこまでも覆いつくしていた。

「お母《が》さん、綺麗……」

おかっぱ頭を乱した美津子が、つぶらな瞳を大きく見張る。

美津子はもちろん、こんなに美しい紅葉を間近に見るのは、良彦も初めてな気がした。

美津子が生まれる前、良彦は、両親と兄と一緒に鳴子に家族旅行にきたことがあるらしいが、残念ながら、当時のことは覚えていない。第一、今の父の状況からすれば、自分たちが家族旅行をしていたことのほうが信じられなかった。

「さ、急ぐべ」

もっと紅葉を見ていたいのに、目的地にたどり着いた途端、母は周囲に眼もくれず、先を急ごうとする。汽車の中ではあれほど解放感を滲《にじ》ませていたのに、もうあくせく働くいつもの母に戻ってしまっていた。恐らく、この先で荷物を待っている祖母のことが気がかりなのだろう。

けんど、なしてお母《が》さんばっかし、そんなに遠慮しなぎゃなんねんだ？

こんなにいいところで遊び惚《ほう》けている婆なんか、いくらでも待たせてやればいいのに。

その不公平が、良彦はなんとも腑に落ちなかった。

名生城重臣の流れを汲む旧家の一人娘だった祖母は、世が世なら、姫君だったという人もいる。仙台の神学系の私塾で裁縫学と栄養学を学び、会計にも長《た》けている祖母は、今なお、この村の大日本婦人会の代表だ。

祖母は女性にしては背が高く、態度も姿勢も常に堂々としている。

村の人たちが表立って父のことを悪く言えないのは、祖母が眼を光らせているからだ。酔っ払って父を〝非国民〟呼ばわりしにくる井出のおんちゃんでさえ、祖母の逆鱗の前では歯が立たない。

しかし、だからと言って、こんなふうに下女の如く母をこき使っていいはずがない。

「ほら、お宿はこっちだべ」

良彦の密かな憤慨《ふんがい》にまったく気づく様子もなく、寿子は足早に湯治宿への道を歩いていく。仕方なく、良彦は美津子の手を引いて後に続いた。

湯治宿は、バス停から歩いて十五分くらいのところにあった。

周囲を竹林に囲まれた、茅葺《かやぶ》きの大きな宿だった。宿の前に、人影が見える。

腕組みをして待ち構えているのは、浴衣姿の多嘉子だった。

「なんだべ、良彦とみっこまで連れでぎだのが」

三人の姿を見るなり、多嘉子は意外そうに呟いた。

祖母が同行を知らなかったことに、良彦は少し驚く。どうやら母は、独断で自分たちを連れてきてくれたらしかった。

「良彦にも、着替えを運んでもらったんでがす」

寿子が答えると、多嘉子はじろりと良彦に眼をやる。

「着替えぐらい、一人で運べねのが、この嫁は……」

多嘉子の言いぐさに、良彦の中に新たな怒りが込み上げた。

食料だけでも大変なのに、着替えまで母一人に持ってこさせようとしていたとは、随分と酷な話だ。路線バスの大混雑を思い返すと、一層腹が立った。

「良彦、着替えさ宿の玄関に置いどけ」

礼を言うでもなく、多嘉子が顎《あご》をしゃくる。

自分の着替えぐらい、一人で運べねのが、この婆は——。

良彦は風呂敷包みを地面にたたきつけたくなった。

「みっこぉ、よおぐぎだねぇ」

良彦と寿子にくるりと背を向けると、多嘉子は打って変わって、お気に入りの美津子に猫なで声を出す。

「みっこは、ばば様と一緒に、ここさ泊まるがぁ?」

だが、美津子は上目遣いに多嘉子を見上げ、無言で数歩後じさった。

ざまあみろ。

良彦は腹の中で舌を出す。

大好きな母を蔑《ないがし》ろにする祖母に懐《なつ》く孫など、世界中、どこを探したっていやしない。

美津子に無視された腹いせか、重い荷物を持ってやってきた三人をねぎらうでもなく、多嘉子は早々に寿子に夕食の準備を命じた。曰《いわ》く、宿の料理が口に合わないのだそうだ。

寿子が今朝作ったばかりの煮物を入れたお重を渡せば、多嘉子はにんまりと笑みを浮かべた。普段はなんだかんだと文句ばかり並べているくせに、祖母は結局、母が作った料理が一番好きらしい。

「よっちゃん、着替え頼むな。お母《が》さん、あっちさいってるからな」

野菜の袋を担いだ寿子が自炊場を指さす。

良彦は急いで宿の玄関に着替えの入った風呂敷を投げ込み、美津子と一緒に母の後を追いかけた。

自炊場では何人かの人たちが、野菜を切ったり、洗ったりしていた。寿子も担いできた袋を下ろし、牛蒡《ごぼう》や大根を洗い始める。

「あんだ、わざわざ、おさんどんにぎだのか」

周囲の人たちが、早速寿子に話しかけ始めた。

「へえ……」

しおらしく頷く寿子に、夫婦らしい二人連れが眉を寄せる。

「ご苦労さんなごとでなすなぁ」

「へえ」

「本当《ほんど》に、あれがお姑《しゅうとめ》さんじゃ、気が休まらねえちゃ」

「へえ、そうでもねえでがんす」

宿でも多嘉子は横柄に振る舞っているらしく、やってきた嫁の寿子に、誰もが同情的な様子だった。

思えば、じじ様に逃げられて、一人きりでしか遊行できない婆は、存外に寂しいばば様だ。

「よっちゃん」

手持ち無沙汰《ぶさた》に炊事場を眺めていると、牛蒡を笹掻《ささが》きにしながら、寿子が声をかけてきた。

「せっがぐだがら、みっこさ連れで紅葉でも見でおいで」

「いいべか、お母《が》さん！」

ぱっと眼の前が明るくなる。

きっとそのために、母はあんなに急いでくれていたのだ。母の真意を知り、良彦は愈々《いよいよ》嬉しくなった。

「んだども、あんまし遠ぐさいがねでけろ」

大きく頷き、良彦は美津子の手を握る。勇んで駆け出そうとしたとき、ふいに背後の話し声が耳に入った。

「鳴子峡は、今一番の紅葉で」

「んだなぁ、鳴子トンネルの辺りじゃ、汽車も速度を下げて走るちゅう話だべ」

トンネル――？

美津子の手を放し、良彦は耳をそばだてる。

そっと振り返れば、自炊場で小母《おば》さんが二人、盛んに頷き合っていた。

「鳴子峡のトンネルは、そりゃあ見事なもんだべなぁ」

鳴子駅からは路線バスに乗ってきたので、鳴子峡のトンネルは見ていない。

中新田から鳴子の間にもトンネルはいくつかあったけれど、どれも小さなものだ。周囲がいきなり真っ暗になり、何事かと思って顔を出そうとしたときには、あっという間に通り過ぎていってしまった。

あの一瞬にして飛んでいってしまう暗闇は、実際どんなふうになっているのだろう。

広大な大崎平野で育った良彦は、トンネルなど、ただの一度も間近に見たことがない。

小母さんたちの話によれば、鳴子峡のトンネルは立派で大きくて、しかもこの近くにあるらしかった。

大きな山にぽかりとあいたトンネルの様子を、良彦は想像してみた。その前に立てば、山の向こうの風景が、穴から覗いたように見えるのだろうか。

巨大な覗き穴を思い浮かべると、良彦は俄然《がぜん》わくわくとしてきた。

なんだかすごく面白そうだ。

ここは一つ、鳴子峡のトンネルから、山向こうの渓谷の紅葉を覗いてやろうではないか。

「みっこ、いぐべ」

美津子に声をかけ、良彦は山道を駆け出した。

やっと東京から帰ってきた父は、ずっとあんな状態だ。この先は家族旅行なんて、到底望めそうにない。だからこそ母は、独断で自分たちをここへ連れてきてくれたのだろう。

そう考えると、この機会を存分に味わおうと、益々貪欲《どんよく》な気分になってきた。

良彦は美津子の手を引いてどんどん駆けた。

竹林を抜ければ、成程、草に覆われた斜面の下に線路が見える。この線路伝いに山側に向かって歩いていけば、鳴子峡のトンネルにたどり着くに違いない。

「兄《あん》ちゃん、どこさいぐの」

良彦が通りを外れて斜面の獣道《けものみち》に入ろうとした途端、美津子が驚いたように声をあげた。

「トンネルさ見にいぐ」

「トンネル？」

美津子は怪訝《けげん》そうに眉を寄せる。

「みっこは分《が》がねでもいい」

「けんど、お母さんが、遠ぐさいっちゃいげねって……」

「遠ぐねって」

小さいくせにもっともらしいことを言い出した美津子を、良彦は勢いよく遮《さえぎ》った。

「それに、線路さ道しるべちゃ。迷うごともねえ」

良彦は線路を指さして見せたが、美津子はまだ腑に落ちない顔をしている。

「なら、弱虫みっこはここにいろ」

わざと背中を向けて獣道を足早に下りていくと、美津子が慌てて追ってくる気配がした。

「んだ、んだ。そんぐれえの勇気がねえど、少国民にはなれねえど」

線路脇までたどり着くと、良彦と美津子は、紅葉にけぶる山に向かって歩き始めた。

よく晴れた空から陽光が燦々《さんさん》と降り注ぎ、あちこちから鳥の囀《さえず》りが聞こえてくる。

途中でススキの穂を取ってやると、美津子は機嫌を直して良彦の手を握った。

「校門をくぐると、そこに柳の木があるちゃ」

美津子にせがまれるまま、良彦は国民学校の話を始めた。

国民学校は良彦の家から一里ほどのところにある。良彦は毎朝、今は仙台の軍需工場にいる兄の良治が置いていった自転車を三角漕ぎして学校に通っていた。

良彦と美津子は三歳違いだが、良彦が早生まれのため、学年には四年の開きがある。

美津子が自分と同じ国民学校に入学するのは来年だ。兄に続いて「少国民」になることを、美津子は今から心待ちにしている。美津子の将来の夢は、看護婦になって負傷した兵隊さんたちを助けることだ。

「柳の木のところにあるのが、奉安殿。御真影をお祀《まつ》りするところちゃ」

「ごしんえい?」

「天皇陛下と、皇后陛下のお写真ちゃ。毎朝、敬礼しなぎゃなんね。それから教育勅語だべ」

朝礼のたびに、白い手袋をした校長先生が奉安殿から恭《うやうや》しく教育勅語謄本を取り出し、天皇陛下と皇后陛下の御真影の前で読み上げる。いつも最後は「御名、御璽」で終わる。

「〝ギョメイ、ギョジ〟」

良彦が校長先生の厳《いか》めしい声色《こわいろ》を真似ると、美津子は面白そうに笑ったが、内容はちんぷんかんぷんのようだった。

無理もない。毎朝それを聞く良彦自身、なんのことだかさっぱり理解ができないのだ。教育勅語は別にして、良彦は勉強も体錬《たいれん》もよくできた。早生まれの良彦は、同学年の中では歳こそ一つ下だったが、国語も算数も体操も常に一年生のときから一番で、皆からも一目置かれていた。

父が戻ってきて以降、良彦は勉強にも体錬にも一層力を入れた。〝非国民〟の息子だと思われるのが嫌だったからだ。

鬼のような祖母の手前、表立って父のことを言う人は少ないけれど、陰でなにを言われているかは分からない。陰口などたたけなくしてやろうと、良彦は竹槍や匍匐前進の訓練に、誰よりも熱心に取り組んだ。

おかげで、良彦の所属する「い組」で、父のことを持ち出して良彦のことをバカにしたり、からかったりする級友は一人も現れなかった。良彦は、変わらずに、「い組」の中心人物でいることができた。

ところが、今年に入ってから異変が起きた。「い組」に、五人の〝東京っ子〟が現れたのだ。

縁故疎開で村にやってきた少年たちは、そろって顔色が生白く、ひょろひょろと痩せていて青瓢箪《あおびょうたん》のようだった。

四人の青瓢箪は大人しいものだったが、その中で、一番背の高い幸太郎《こうたろう》だけは違った。良彦を「い組」の中心人物と見て取るや、目の敵《かたき》にし、なにもかもを張り合おうとする。しかも、幸太郎は勉強がよくできた。それまで敵なしだった良彦は、初めて脅威を感じた。

あっという間に、「い組」は良彦派と幸太郎派に二分された。〝東京っ子〟は、体力がない分、口がたつ。

「よしひこ」なんて、最後に「こ」がつくから女の名だ。「よっちゃん」も、女の綽名《あだな》だ〟

幸太郎に嘲笑《あざわら》われたことを思い返すと、良彦は今でもむかっ腹が立ってくる。そんなことを言われたのは、生まれて初めてだった。

真に受けて、どうして自分に女の名をつけたのかと母に抗議したときには、「なに分がねえごと言ってんだ」と、さっぱり相手にされなかったが。

なんにせよ、良彦は村の意地をかけて、突如現れた〝東京っ子〟に負ける訳にはいかなかった。相撲の体錬では、幸太郎をこてんぱんにやっつけてやったが、しかし、その後、国語の授業で手痛いしっぺ返しが待っていた。

教本の読み比べだ。

最初に教壇に上がった良彦は、一度もつっかえずに最後までしっかりと教本の長い文章を読み通した。「い組」の〝良彦派〟は、全員誇らしげにこちらを見ていた。

だが、次に幸太郎が教壇に立って教本を読み始めた途端、教室中が水を打ったようにしんとした。良彦自身、呆然《ぼうぜん》と、そのラジオから流れてくるような美しい朗読に聞き入ってしまった。幸太郎の朗読は、本当にラジオの放送員のようだった。

そのとき、どれだけ上手に読んだところで、自分の言葉には酷《ひど》い訛りがあることに、良彦は初めて気づかされた。

面白ぐね——。

ふと、幸太郎の朗読に、訛りのない父の穏やかな声が重なる。

本当《ほんど》に、面白ぐね。

方言を使おうとしない父は、他人行儀だし、気取っている。

〝なして、お父《ど》さんは東京弁で話すちゃ〟

さすがに本人には聞けないので、母に尋ねてみたことがあった。

〝お父《ど》さんは、東京の学校を出て、東京で先生までしてたんだべ〟

良彦は不満だったが、母は当たり前のようにそう言った。東京で授業をする教師が、方言で話す訳にはいかないのだそうだ。

しかし、今の父はもう、東京の教師ではないではないか。自分たち家族と距離を置かれているようで、良彦はまったく面白くなかった。

足元の草むらを乱暴に蹴ると、バッタがキチキチと鳴きながら飛んでいった。

けんど、東京弁がなんぼのもんか。

以前、兄の良治から、こんな話を聞かされたことがある。

良治は高等科を卒業したとき、一人で東京の父を訪ねたことがあったそうだ。

上野駅に着いた後、兄は母からもらった小遣いを握りしめて、蕎麦《そば》屋を探した。良彦たちの村には、蕎麦を作っている家は一軒もない。

初めて東京へやってきた兄は、まずは蕎麦を食べてみたいと考えたのだ。

「蕎麦、けらいん」

駅の近くの蕎麦屋に入り、良治は大声で注文した。

ところが、蕎麦屋の主人は兄の言葉を聞くなり、嫌そうに顔をしかめたという。

「生意気な小僧だな。だったら、うどんを食っとけ」

いきなり、うどんの入ったどんぶりを出され、良治は面食らった。うどんなら、母が作ってくれたものを何度も食べたことがある。だが、自分の注文の仕方が悪かったのだと思い込み、兄は急いでうどんを食べた。

ようやくうどんを食べ終わってから、兄はもう一度、もっと大きな声で叫ぶように言った。

「蕎麦、けらいん！」

ところが再び、うどんのどんぶりを眼の前にたたきつけるように置かれ、良治はもう、なにがなんだか分からなくなってしまった。結局、蕎麦を食べることができず、二杯分のうどんの料金を払うと、兄は半泣きで店を後にしたのだそうだ。

後からその話を聞いた父は、笑いながら兄に告げたという。

蕎麦屋の主人は、良治の「けらいん」――ください――という方言を、恐らく「嫌い」と勘違いしたのだろうと。

兄自身が面白おかしく語ってくれた話だが、良彦にとっては笑い話では済まされなかった。

初めて一人で蕎麦屋に入っていった兄《あん》ちゃんの勇気。

蕎麦を食べられなかった兄《あん》ちゃんの切なさ、悔しさ。

その気持ちを想像しただけで、東京と東京弁への怒りがふつふつと煮えてくる。

それを平気で笑える父は、やっぱりもう〝東京もん〟だ。

〝東京もん〟も、〝東京っ子〟も全員敵だ。

どれだけ朗読が上手かろうが、憧れの雑誌「週刊少国民」や「少年倶楽部」を持っていようが、いい靴を履いていようが……。

「兄《あん》ちゃん、見て！」

ふいに、傍らの美津子が大声をあげた。

足元だけを見つめて歩いていた良彦は、ハッと我に返る。美津子が指さす方向を仰ぎ、思わず眼を見張った。

秋の日に照らされて、山が錦《にしき》に燃えている。

それは、停留所で眼にした光景より、何倍も見事だった。

カエデの紅、ミズナラの黄金、ブナの橙、アカシデの朱、コシアブラの白銀――。

ところどころに残る松の常緑と対比して、華やかな暖色が一層際立って見える。まるで山一杯に、祭りのぼんぼりが灯っているようだ。

一本、一本、どれも同じ色ではない。薄い黄色から強い黄色、明るい赤から暗い赤、淡い橙色から鮮やかな橙色――。

いくつもの天の筆が、競い合うように山肌を自在な濃淡に染めている。

握っていた掌をぱっと放し、美津子が走り出した。おかっぱ頭を振り乱し、山裾の雑木林に向かって駆けていく。

「みっこ、転ぶんでねえど」

良彦も慌てて後を追った。

雑木林の中に入れば、日差しと一緒に紅葉が降ってくる。

まるで金襴緞子《きんらんどんす》の万華鏡。足元に敷き詰められた落葉も美しく、四方を見回せば、眩《まばゆ》い色彩がぐるぐると舞い踊る。

春の山桜も美しいが、こんなに豊かな色彩が一斉に咲き誇ることはない。これからすべての葉を落とし、長い冬に向けて休眠する落葉樹が、つかの間の秋に催すきらびやかな祝祭の宴だ。

「兄《あん》ちゃん、早ぐ、早ぐ」

今や良彦よりも美津子のほうが夢中になっていた。弾むような足取りで、どんどん先にいこうとする。その頰に落ちる木漏れ日までが、朱色に染められているようだった。

「みっこ、慌でんなって」

妹を追いかけながら、良彦はだんだん、この見事な光景を二人だけで見ているのが惜しくなってきた。

こんなの、あいづらにも見せでやりてぇ――。

なぜか、幸太郎をはじめとする〝東京っ子〟たちの顔を思い浮かべている自分に、良彦は驚いた。

己の故郷の素晴らしさを自慢したい気持ちも勿論《もちろん》ある。

けれどそれ以上に、良彦たちの前では強気に振る舞っている幸太郎が、ある日、校庭の隅で他の四人の青瓢簞と肩を寄せ合い、声を押し殺して泣いていたという噂を耳にしたせいかもしれなかった。

良彦とて、まったく気づいていない訳ではない。

自分と同じ年頃の幸太郎たちが、両親の元を離れて、見知らぬ土地の親戚の家で暮らす心細さや、暮らしづらさを。

彼らの中で一番身体が大きい幸太郎が、「い組」の中心にいる良彦を目の敵にしたのは、もしかすると、一緒に東京からやってきた他の四人を護るためだったのかも分からない。

そう考えれば、ただ反目するだけではなく、もう少し彼らと腹を割って話したほうが良いような気もしてくる。

それに――。

良彦はぐっと唇を結ぶ。

幸太郎は、良彦にとって一番の弱点である父のことを持ち出したことは、ただの一度もなかった。いずれ東京へ帰る幸太郎なら、祖母の多嘉子をそれほど恐れる必要もないというのに。

確かに嫌な奴だが、ひょっとすると幸太郎は、卑怯者ではないのかもしれない。

ラジオの放送員のように美しい朗読をした幸太郎の顔が、脳裏に浮かぶ。肝の据わった、利発者の顔つきだった。

とは言え、自分の名前を「女」呼ばわりされた屈辱は忘れない。紅葉を見せてやる代わりに、「週刊少国民」も「少年倶楽部」も、隅々まで読ませてもらわなければ気が済まない。

そんなことを考えながら、良彦は美津子と一緒に、錦繍《きんしゅう》の山の中を歩き続けた。

やがて線路の先に一段と大きな山が立ちはだかり、その裾に、小さな黒い点が見えてきた。

眼を凝らし、良彦は確信する。

どうやら、ついに見つけたようだ。

「みっこ、あれがトンネルだべ」

良彦の足が興奮で速くなる。

今度は良彦が美津子を追い越して、駆け足になっていた。

線路わきの雑草を踏み、脇目もふらずに進んでいくと、最初は小さかった黒い点が段々大きくなってきた。

「兄《あん》ちゃん、待って」

背後で美津子の声がする。

いつの間にか美津子を遠く置き去りにして、良彦は憑《つ》かれたように、トンネルを目指して足を進めた。

あんなに小さく見えたトンネルが、近づくにつれ、黒々と存在感を増してくる。周囲の紅葉の鮮やかさにも染まらず、そこだけが暗い。

全貌がはっきりしてくると、それは突如山肌に開いた門に見えた。

大きな門が、ぽっかりと黒い口をあけている。

「兄《あん》ちゃんってばぁ」

美津子が呼んでいるのが聞こえるのに、黒い口に誘われるように、足をとめることができなかった。

真っ黒な口がどんどん大きくなってくる。

途中から、自分が近づいているのか、口が迫ってくるのかが、よく分からなくなってきた。

ついに、その前に立ったとき、良彦は思わず立ちすくんだ。

なんだべ、これ……。

これがあの、一瞬にして飛んでいってしまうトンネルなのだろうか。

良彦は、トンネルの先には山の向こう側が見えるのだとばかり思い込んでいた。

覗き穴のように、渓谷の紅葉が垣間見えるに違いないと。

ところが眼の前の大きな穴は、どんなに眼を凝らしても、黒々とした闇が漠々《ばくばく》と広がっているだけだった。

しかも、こんなに大きなものだったとは。

半ば茫然《ぼうぜん》として、良彦は巨大な黒い丸天井を見上げた。

〝この宇宙の彼方には、不思議なものがたくさんあるんだよ〟

ふと、父の穏やかな声が耳の奥で甦《よみがえ》る。

以前、天体望遠鏡を片手に、父が語ってくれたことがあった。

この宇宙のどこかには、なにもかもを吸い込んでしまう、凄まじい重力を持つ大きな穴がある。その重力場につかまると、光ですら逃げることができないのだと。

良彦の脳裏に、天体望遠鏡を覗く父の姿が浮かんだ。

東京に単身赴任していた頃、盆や正月に帰ってくると、父は天体望遠鏡で、自分や美津子に夜空の月や星を見せようとした。

木星の衛星、土星の輪っか、月の海――。

宇宙や星の話をするときだけ、寡黙《かもく》な父は珍しく饒舌《じょうぜつ》になった。

古川に戻り、書斎に引きこもるようになってからも、父はごく稀《まれ》に庭に出て、天体望遠鏡で星を探していることがある。

宇宙なんて、どうでもいい。そんなことより、もっと大事なことがあるはずだ。

いつもそう思っていたはずなのに、なぜか今は、父の話が頭から離れない。

目前に広がる深い闇は、その宇宙の穴を思わせた。

宇宙の穴につかまれば、太陽だって逃げられない。宇宙の穴の質量は、太陽の数百万倍もあるのだそうだ。想像しただけで、気が遠くなりそうだ。

お父《ど》さん……。

天体望遠鏡を持った父が、巨大な穴の前に立っている。

まるで重力につかまったように、良彦の足がふらりと前へ出た。トンネルの中に足を踏み入れた途端、ひんやりとした空気が全身を包み込む。

山道を歩き、汗ばんでいた身体が一気に冷えて、背筋がぶるりと震えた。

たった数歩進んだだけなのに、驚くほど寒い。昼の光が吸われ、たちまち辺りが夜になる。

明るい錦繍の世界から、突如、漆黒《しっこく》の異次元に足を踏み入れたみたいだった。

これはトンネルじゃない。まだ見たことのない、巨人や大蛇《おろち》が棲《す》む洞窟だ。

良彦の空想を嗤《わら》うかのように、天体望遠鏡を担いだ父がくるりとこちらに背中を向けて、すたすたと闇の中に消えていく。

お父《ど》さん、なしてそっちさいぐ——！

父の幻影を追うように、良彦の足が勝手にふらふらと歩き始めた。

「兄《あん》ちゃん！」

そのとき、信じられない大きさの声が、洞窟一杯に響き渡った。

我に返って振り向けば、トンネルの入口で、美津子が拳を握り締めている。

逆光で、その姿が影のように黒い。

「どこさいぐの！　戻ってけろっ」

美津子の声がわんわんと辺りに反響し、良彦はなんだか恐ろしくなってきた。トンネルの中と外に、はっきりと境界線があるのを感じた。

踵《きびす》を返そうとした途端、ずるりと足が滑る。

「わっ」

思わず漏らした声が、何倍もの大きさとなって闇の中に響き渡った。ようやく暗闇になれた眼でよく見ると、雨が降った後のように地面が濡れていた。

戻らないと——。

濡れた地面に足を取られないように、良彦は美津子の影に向かって歩き出す。

だが、途中でなにかに引き留められるように、歩みがとまった。

お父《ど》さん。

父の幻が消えていった闇に向かい、足元の石を蹴ってみる。

カランッ。

大きな音をたてて、石が転がった。

その反響が暗闇の中に波紋のように広がり、やがて消える。音が消えた先に、まだ父がいる気がした。

なぜだろう。

胸の中がざわざわ騒ぐ。

簡単に向こう側が見通せると思っていたトンネルは、実際には深く暗い闇だった。

見えない先は恐ろしいけれど、同時に震えるほど強く惹《ひ》かれてしまう。

「戻ってけろ！」

再び、美津子の声が響いた。

駄目だ。

良彦は本能的な恐怖に囚《とら》われる。ここにいたら、本当に戻れなくなる。

俺は、そっちさいげね。

父の幻影を振り払うように踵を返し、良彦は急いで入口に向かった。妹を置いていくことは、良彦にはできなかった。

ようやく明るい場所に出ると、べそをかいている美津子の顔が眼に入る。妹の元に戻ってこられたことに、良彦は内心安堵《あんど》した。

「兄《あん》ちゃん！」

美津子は良彦に駆け寄り、その手をぎゅっと握る。

「お母《が》さんとこ帰る。トンネル、おっがねえ」

良彦ももう、妹を「弱虫」呼ばわりすることはできなかった。

「泣ぐな、泣ぐな。なんでもねえべ」

自らに言い聞かせるように、しゃくりあげ始めた美津子をなだめる。

「さ、いくべ」

美津子の涙を指の腹でぬぐってやり、良彦はきた道を引き返し始めた。いつの間にか、日が傾き始めている。きたときとは違い、良彦も美津子も、黙々と歩き続けた。

日が陰ってきたせいか、あんなに鮮やかだった紅葉も、どこか色褪せて見える。明るかったぼんぼりが暗くなり、松葉の尖《とが》った緑が濃くなってきた。

線路をたどり、後は斜面の獣道を上るだけ。そうすれば、宿のある竹林に続く山道に出るはずだ。なにも難しいことはない。

良彦は、頭の中で繰り返した。

ところが、きたとおりに戻っているはずなのに、どれだけ上っても、大きな道にたどり着けない。一体、どうしたというのだろう。

下草や落ち葉を踏みしめて、良彦と美津子は息を切らしながら獣道を上っていった。

おかしい。

上る場所を間違えたのだろうか。けれど、もう一度線路まで戻るのは嫌だ。

良彦は美津子の手を引き、斜めに進んでみた。草の中から、大小のバッタがキチキチと飛び出す。

秋の日はつるべ落とし。

気づいたときには、辺りに夕闇が漂い始めていた。

あんなに明るかったのに。あんなに美しかったのに――。

一気に色を無くしていく山の様子に、良彦は大きなトンネルがすべての光を吸い尽くしていく様を思い浮かべた。

宇宙の穴につかまれば、太陽だって逃げられない。

父の話を思い出し、良彦は急に怖くなってきた。

このままでは自分たちも、トンネルの底なしの重力につかまってしまう。先ほどの父の幻のように、闇の中に吸い込まれていってしまう。

無暗《むやみ》に歩いているうちに、方向感覚が麻痺してきた。

右に進んでいるのか、左に進んでいるのかが分からない。良彦の心臓が、ばくばくと音をたて始める。息が上がり、胸や腋《わき》の下を気味の悪い汗が次々に流れていく。

迷うはずがない。迷うはずがない。

祈るような思いで、斜面を上る。もう少しで、開けた道に出るはずだ。

ところが、歩けば歩くほど山が深くなり、周囲はどんどん暗くなってくる。

「兄《あん》ちゃん、もう歩げね」

それまで黙って手を引かれていた美津子が、ついに泣き言を口にした。

「もう少しだべ」

「もう少しって、後、どんぐらい？」

美津子の問いに、良彦は答えることができなかった。ここまでくると、もう認めない訳にはいかない。

迷ったのだ。

自分たちは山の中で、迷子になってしまったのだ。

んだども、あんまし遠ぐさいがねでけろ――。

母の言葉が甦り、良彦も涙ぐみそうになる。

そのとき、前方に小さな明かりが灯っているのが眼に入った。良彦はハッとして、眼を凝らす。

大きなミズナラの葉陰の向こうに、確かに人家の明かりが見える。

とっさに美津子を背中に負ぶい、良彦は藪《やぶ》の中を駆け出した。木の枝が顔を打ったが、気に留めもしなかった。

やがて、茅葺きの小さな家が見えてくる。その小屋の扉の所に、明るいカンテラが掛かっていた。

助かった――。

美津子を背中から下ろし、良彦は小走りで小屋に向かう。

「ごめんくなんせ」

大声をあげて重い扉を押しあけた。

「おばんでがす」

返事がないので、恐る恐る家の中を覗き込む。

その瞬間、良彦は大きく息を呑んだ。

土間のいたるところに、白木のこけしがずらりと並んでいる。眼も鼻もないこけしが、のっぺらぼうの真白な顔を、一斉にこちらに向けた気がした。

「うわぁあああっ！」

幼い頃に母から聞かされた山の妖怪の話が脳裏をよぎり、良彦は尻餅をつきそうになる。後からきた美津子の手を引っ張り、逃げ出そうとしたとき――。

「坊主、どした」

背後で低い声がした。

怖々《こわごわ》振り返れば、作務衣《さむえ》を着た老人が、不思議そうにこちらを見ている。

「お前《め》ら、こんな時間に、どこさがらぎた」

老人の問いに、良彦は必死に説明を始めた。

母と一緒に、中山平温泉まできたこと。トンネルを見にいった帰りに、道に迷ってしまったこと。

話しているうちに、涙が溢れ始めた。

兄の良彦が泣いているのを見ると、美津子も「うわぁっ」と声をあげて泣き出した。つぶらな瞳から、大粒の涙がぽろぽろと零《こぼ》れて土間に散る。

「分がった」

老人は頷き、良彦の肩に手をかけた。

「大丈夫だ。爺《じい》が、宿まで送ってやるべな」

その言葉に安堵したのか、良彦も涙をとめられなくなる。

ぐずぐずと泣いていると、肩をぽんとたたかれた。視線を上げれば、老人の日に焼けた顔がすぐそこにあった。

「坊主、トンネルは、おっがねがったか」

老人の静かな眼差しが、じっと良彦を覗き込む。

「おっがねがった」

素直に頷けば、老人の眼が弓なりになった。

「んだども、面白がったべ」

瞬間、ふらふらとトンネルに吸い込まれそうになった感覚が甦り、ごくりと唾《つば》を呑んだ。

望遠鏡を担いだ父が少しだけ振り返り、にやりと笑う。

「……んだ」

気がつくと、深く頷いていた。

老人に言われて、自分では理解できなかった胸の中のざわつきが、ようやく言葉になった。

恐ろしかったけれど。

「面白がった」

老人はもう一度良彦の肩をぽんぽんとたたき、それから机の上の筆を取りにいった。しゃくりあげている美津子の前に立ち、一番小さな白木のこけしを手に取り、素早く絵筆を動かし始める。

振り分け髪、つぶらな瞳、赤いおちょぼ口。

のっぺらぼうだったこけしに、魔法のように、愛らしい顔ができていく。

「泣ぐな、泣ぐな。めんごい童子《わらしこ》は、もう泣ぐな」

優しく声をかけながら、老人は最後にこけしの細い胴体に見事な菊の絵を描いた。

「ほうら、お前《め》だ」

描き上げたばかりのこけしを差し出し、老人は眼を細める。

美津子は涙を溜めた瞳で驚いたようにこけしを見つめていたが、やがておずおずと受け取った。

「ありがでがす……」

ぺこりと下げられた美津子のおかっぱ頭を、老人はただ黙って静かに撫でた。


母と妹と一緒に中山平温泉にいってから一週間後に、古川では初雪が降った。

良彦は柿の木伝いに屋根に上り、灰色の空から舞い落ちてくる雪片を眺めていた。これから嫌というほど毎日眺める雪だが、降り始めの時期はやっぱり少しだけ心が躍る。

あの日、こけし小屋の老人に連れられて中山平温泉へ戻ると、宿では大変な騒ぎになっていた。良彦と美津子が暗くなっても戻らないので、沢に落ちたか、汽車に轢《ひ》かれたかと、祖母の多嘉子が今まさに警察を呼ぼうとしているところだった。

〝んだがら、こっだらおだづもっこ、連れでぐんなど……〟

良彦たちを送ってくれた老人に礼も言わず、多嘉子は怒髪《どはつ》天を衝《つ》くほどに怒鳴り散らした。今回ばかりは良彦も、さすがに力なく首を垂れるしかなかった。

多嘉子は寿子のことも散々に詰《なじ》ったが、母はなにも言わずに自分と美津子を抱きしめてくれた。母の胸にしっかりと抱かれると、良彦は再び涙が湧いてくるのをこらえることができなかった。

母と自分たちを叱責するだけでは飽き足らなかったようで、古川に戻るなり、祖母は父の書斎にまで押し入った。随分長い間、祖母は父に向かってくどくどと文句を垂れていた。

良彦は本当にろくでなし。次男だからと甘やかしていると、今に手のつけられないことになる。たまには父親として云々――。

廊下の隅にいても、祖母のいつ終わるとも分からない苦言が聞こえてきた。

その晩、良彦は父に挨拶に向かわされたとき、いつになく緊張を覚えた。

ひょっとすると、今度という今度は、父が振り向いて、説教をするかもしれない。或《あ》るいは、無言で拳固《げんこ》を食らわされるかも分からない。

ところが、襖をあけると、父は相変わらず文机につき、自分に背中を向けていた。

〝お休み〟

正座をして頭を下げた自分に父がかけたのは、いつもの一言だけだった。

拍子抜けしながら襖を閉めた瞬間、心のどこかで父に対する不甲斐なさを覚えた。

別に怒られたかった訳ではないけれど、父の眼には本当に、自分は映ってはいないのではないかと思われた。

その日以来、良彦は夜なかなか寝つけなくなった。眼を閉じていると、トンネルの漠々とした闇が追いかけてくるような気がするのだ。

おかげで寝不足で仕方がない。

今も、ひらひらと舞い降りてくる雪を眺めていると、ふっと意識が飛びそうになる。

うとうとしかけては寒さに眼を覚ますということを、良彦は何回か繰り返した。

そろそろ家の中に入ったほうがいいだろう。このままでは本当にうたた寝をして、屋根から転げ落ちるような事態になりかねない。

水っぱなも出てきたし……。

ずずっと鼻水を啜《すす》り上げ、良彦はかじかんできた両手をこすり合わせた。

そのとき、ふと、見慣れぬものが視界をかすめた。白い息を吐きながら、良彦は眼を凝らす。

見たことのない形の飛行機が、厚い雲の向こうからやってくる。随分と大きな飛行機だ。

もっとよく見ようと、良彦は屋根の上に立ち上がった。

すると、今度は反対側から、もう一機飛行機がやってくるのが眼に入った。いつもの王城寺原飛行場から飛んでくる軍用機だ。

一度に二機も飛行機が見られるなんて、今日は運が良い。

良彦は二機に向かって大きく手を振った。

まるで応えるかのように、大きな見知らぬ飛行機と、いつもの軍用機が向かい合う。そのまま二機がぐるぐると円を描き始めたので、良彦は寒さも忘れて眼を見張った。

きっと、なにか面白いものを見せてくれようとしているのに違いない。

良彦は胸を躍らせながら厚い雲に覆われた空を見上げた。

タタタタッ
上空で微かな音がする。

一体、なにをしているのだろう。

二機の飛行機は、時折厚い雲に隠れて見えなくなる。

タタタタッ　タタタタッ　タタタタッ
規則正しく降ってくる音の方向に、亀のように首を伸ばした瞬間――。

「ごらぁっ、良彦ぉっ！」

耳をつんざくような大音声《だいおんじょう》が聞こえてきて、良彦はぎょっとした。

庭に視線をやり、もう一度仰天する。

ほとんど書斎から出てこない父が、はだしで庭に立っていた。

「なにしてるがぁっ！　早ぐ、下りろぉおおおっ！」

父が両眼を剝《む》いて、凄まじい声をあげている。

その様子は、まるで近所の寺の門の前で、憤怒《ふんぬ》に燃えるまなこを爛々《らんらん》と光らせている青い肌をした仁王像のようだ。

父の別人のような形相と、訛りが強く出た怒声に、良彦ははたと悟る。

それでは、あれは――。

あの大きな飛行機は、友軍機ではないのか。

あれは敵機か。

空襲など一度も経験したことのない良彦は、これまですべての飛行機を友軍機だと思い込んでいたが、ついにこの村にも敵の軍用機がやってきたのだ。

転がるようにして屋根から下りると、むんずと首根っこをつかまれた。

そのままものすごい力で土間に引きずり込まれ、良彦は唖然《あぜん》とする。常に書斎に閉じこもっている父に、こんな馬鹿力があるとは思ってもみなかった。

直後、飛行機が急降下する音が響いた。

ダダダダッ！

上空から聞こえていた音が間近に迫り、まったく同時に、屋根瓦が割れる音が轟《とどろ》く。

振り向けば、砕けた瓦が屋根の上に飛び散り薄い煙をあげていた。

あのままあそこに居たら、どうなっていただろう。

頭から冷水をかけられたように、ぞっとする。

良彦は腰が抜けたようになり、へなへなと土間に座り込んでしまった。

「お父《ど》さん！」

機銃掃射の音を聞きつけ、母が妹を抱いて飛び出してきた。

「大丈夫だ、あれは爆撃機でねぇ。あれ以上のことはでぎねぇ」

父は落ち着き払ってそう言うと、家族全員に家の一番奥の台所に集まるように指示した。恐怖に引きつっている美津子の顔を見るうちに、良彦の足にもやっと力が戻ってきた。妹をこれ以上怖がらせてはなるまいと気を張ったが、身体の芯が震えるのをなかなかとめることができなかった。

それからしばらく、家族全員、家の奥で息を潜めて過ごした。祖母の多嘉子も、さすがに蒼い顔をして黙りこくっていた。屋根に上っていた良彦に、雷を落とす気力はない様子だった。

その晩、村役場で緊急の会合が開かれた。

夜遅く会合から帰ってきた祖母と母がひそひそ交わしていた話によれば、井出のおんちゃんを中心とする数人が、この村にも空襲がくると大騒ぎをしたらしかった。

父は当然の如く会合を欠席したが、珍しく書斎にこもらず、小作人からもらった自然薯《じねんじょ》をすって、良彦と美津子に夕飯を食べさせてくれた。

疲れきって戻ってきた祖母と母にも薯蕷《とろろ》を供しながら、父は静かに首を横に振った。

「あれはただの偵察機だ。王城寺原の飛行場の様子を見にきただけだろう。王城寺原に爆撃機は配備されていないし、こんな田畑を焼いたところで意味はない。仙台ならともかく、この村に空襲はこないよ」

いつもの無気力な表情で呟くようにそれだけ言うと、父はさっさと書斎に引き上げていった。

あの日以来、父は再びずっと書斎に引きこもっている。

母と祖母が村役場の会合にいった夜は、良彦たちに夕飯まで作ってくれたのに、今は家族と一緒に食事をしようともしない。

しんしんと冷える霜月《しもつき》の晩、良彦は寝床で手足を丸めてじっと考え込んでいた。傍らの布団の美津子はすっかり寝入っているようだが、良彦はどうにも眠ることができなかった。

あれから、敵機は一度も見ていない。父の言葉通り、空襲もなかった。

いつの間にか村は元通りになり、一時はどこかに逃げるだの、防空壕を掘るだのと騒いでいた井出のおんちゃんたちも静かになった。

豆電球の薄暗い明かりの下で、良彦は何度も寝返りを打った。

ようやくぼんやりしてくると、頭の中に、大きなトンネルが浮かんだ。

明るい場所に背を向けて、どんどん闇の中へ歩いていく父。

その先に、一体なにがあるというのだろう。

分からないものは恐ろしい。

太陽を吸い込む宇宙の穴も、木星の衛星も、土星の輪っかも、普段から眼に見えないものはおっかない。

けれど父は、そんなものばかり見ようとしている気がする。

いつだったか、盆に帰ってきた父から、天体望遠鏡で月を見せられたことがあった。

肉眼ではほの白く優しげに見えた月が、望遠レンズを通すと、黒い染みやぼつぼつとしたあばたを浮かばせて、なんともおどろおどろしい有り様だった。

あんな月は見たくないと良彦は思ったが、あれが天体の本当の姿なのだろう。

闇に眼を凝らして真実を見ようとするのは、恐ろしいことなのではないだろうか。

皆と一緒に、明るい場所にいるほうが安全だ。

〝ごらぁっ、良彦ぉっ！〟

その瞬間、父の怒声が耳元で甦り、良彦はハッと我に返った。

父のあんな大きな声を聞いたのは、生まれて初めてだった。

父の眼に、自分は映っていないのではないかと、何度も思ったけれど。

仁王様のようにかっと見開いたまなこが、確かに自分に注がれていた。

あの晩、誰よりも落ち着いていたのは、実のところ父だ。

鬼畜米英がやってきたら猟銃で撃ち殺すはずだった井出のおんちゃんが浮き足立ち、いつも書斎に引きこもっている〝非国民〟の〝情げねえ〟お父《ど》さんが、庭に飛び出してきて自分を助けてくれた。

父が豹変《ひょうへん》したのは屋根の上にいる自分を見つけたときだけで、その後は、いつもの物静かな様子に戻っていた。だが、不安そうな大人たちの中で、父は誰よりも冷静だった。

分がんねえ……。

良彦は布団の中で身体を丸くする。

トンネルと同じだ。黒いばかりで向こうにはなにも見えない。

父はなにを見ているのか。父にとって、自分たち家族はどう見えているのか。

父は本当に「非国民」なのか。

どれだけ考えてみても、良彦には分からない。

ふと、傍らの美津子が寝返りを打つ気配がした。そっと布団から身を起こして妹の様子を窺えば、美津子はあの日老人からもらったこけしをしっかりと胸に抱いて眠っていた。

〝んだども、面白がったべ〟

ふいにこけし小屋の老人の声が脳裏に響く。

〝……んだ。面白がった〟

あのときどうして自分は、そんなふうに答えてしまったのだろう。

胸の奥がざわつく。

自分の心のどこかにも、闇の向こうになにがあるのかを探りたい気持ちがあるのだろうか。

未知なるものは恐ろしいけれど、その実、それと同じくらい、惹きつけられる。

良彦は息を吐き、再び布団に身を横たえた。

眼を閉じると、自然薯をすっていた父の大きな背中が、鳴子峡のトンネルに重なった。

その巨大な闇が迫ってくるようで、慌てて眼をあける。

まんじりともできぬまま、良彦はいつまでも薄暗い天井を見つめ続けた。

第二話

泥鰌《どじょう》とり

昭和二十二年

稲を刈り取った後の乾いた田んぼに、点々と黒い穴があいている。

学校から帰るなり、台所から笊《ざる》を持ち出してきた良彦は、穴の上にしゃがみこんだ。

上着の袖をまくり、両手の指を立てて、穴があいた田んぼの表面を掘り始める。十センチほど掘り進めると、段々水がしみ出してきた。

半年間、水を張っていた田んぼの底には、稲を刈った後にも、まだたっぷりと水分を含んだ泥が溜まっている。ここが狙い目なのだ。

泥土をぐちゃぐちゃかき回していると、指先に弾力のあるものが当たった。にょろりと長い体が泥の中から現れる。

泥鰌《どじょう》だ。

田んぼの底で眠っていた泥鰌が、驚いてみちみちと跳ね始めた。更に掘り進めれば、いくらでもいる。にょろにょろと土の中から湧き出るように現れる泥鰌は、ちょっと気味が悪いくらいだ。

んだども、ごいづら、うめえ泥鰌汁になんだべ……。

泥鰌がうごめく泥土に、良彦は果敢に両手を突っ込んだ。

つかんだ瞬間のむにゅりとした感触にいささかぞっとしたが、母が作ってくれる泥鰌汁の美味《おい》しさが脳裏に浮かぶと、食い意地が勝《まさ》った。勝手に持ち出してきた笊の中に、どんどん泥鰌を放り込んでいく。

油断すると、泥鰌は指の間からぬるぬると逃げ出してしまう。そのたび良彦は、泥まみれになって泥鰌を追いかけねばならなかった。無我夢中で泥鰌と格闘しているうちに、いつしか日が傾き始めた。

九月の半ばになってもまだ残暑が続いていたが、日の入りは随分早くなった。気づけば、笊の中も泥鰌で一杯になっている。

重くなった笊を持ち上げ、良彦は「ふう」と一つ息をついた。

両手両足はもちろん、いがぐり頭のてっぺんまで、跳ねた泥でべたべただ。

そう言えば、今日は比較的新しい服を着ていたんだっけ。

完膚《かんぷ》なきまでに真っ黒に汚れた服に、少しだけきまりが悪くなる。

先日の朝礼でも、「最高学年の六年生である諸兄は後輩の模範となれ」と、校長先生からさんざん説教を垂れられたばかりだった。

もっとも、新しいと言ったところで、所詮《しょせん》は兄の学生服を仕立て直した更生服だ。だったら食糧難の今、こうして泥鰌を持ち帰るほうが余程「模範的行動」と言えそうだ。

勝手な理屈を持ち出し、良彦は泥鰌で一杯の笊を抱えて胸を張る。

今年の春、良彦が通っている国民学校は小学校と名称を変え、良彦たちは少国民ではなくなった。

二年前、日本が戦争に負けたからだ。

他にも変わったことはたくさんある。毎朝登校するたびに敬礼していた、天皇皇后両陛下の御真影が祀られていた奉安殿が、ある日突然撤去された。

意味も分からぬまま、朝礼で校長先生から聞かされていた教育勅語の朗読もなくなった。児童たちの間で流行《はや》った「御名《ぎょめい》、御璽《ぎょじ》」の結びはもはや聞くこともない。

国語や社会や修身の教本は、先生たちの指示で読む箇所がほとんどなくなるまで真っ黒に墨を塗らされた。

こんなに墨を塗るくらいなら、いっそのこと全部捨ててしまえばいいのにと何度も思ったが、退屈な教本を塗り潰すのは、存外小気味よくもあった。

どうしてそんなことになったのか、教えてくれる大人は誰もいない。校長先生も担任の先生も、なにも説明しようとしなかった。四年生だった良彦たちは、ただ言われるがままに従っていただけだ。

二年前の暑い夏の日に、校庭で皆で聞いた「玉音放送」以降、本当に多くのことが変わった。ラジオから流れてきた「陛下のお言葉」は、雑音が多くて聞き取りづらく、なんとか聞き取れた部分もあまりに難しく、さっぱり意味が分からなかったけれど――。

そこまで思い返し、良彦ははたと顔を上げた。

そうだ、ラジオだ。

振り仰ぐと、西に傾いた太陽が徐々に夕刻の赤みを帯び始めていた。途端に心が逸る。

今日は土曜日。もうすぐ始まってしまう。

泥にまみれた下駄を履きなおし、良彦は笊を抱えて走り始めた。

今年の七月から、良彦たちと同世代の少年少女を主人公にした連続ラジオ放送劇『鐘の鳴る丘』が始まった。この放送劇がすこぶる面白くて、良彦も妹の美津子も、毎週土曜と日曜の放送を心待ちにしているのだ。

空襲で焼け野原となった東京には、良彦が暮らす農村では見たことのない〝浮浪児〟と呼ばれる戦災孤児たちがたくさんいるらしい。戦争や空襲で両親を失った同世代の孤児にはもちろん同情を覚えるが、それ以上に「新橋《しんばし》の○○」「上野《ノガミ》の○○」「有楽町《ラクチヨウ》の○○」と口上のように名乗り、煙草《エンタ》をふかし、子分を引き連れて生きている彼らの波乱万丈の物語は、なんだか格好よくも思えるのだった。

もっとも級友や美津子と一緒に顔に泥を塗って〝浮浪児ごっこ〟をしているのがばれたときは、普段から口うるさい祖母に散々に怒鳴られた。

あの鬼婆《おにばばあ》が……。

常日頃、嫁である母を下女のようにこき使っている祖母、多嘉子のことが、良彦はどうにも好きになれない。しかし、鬼女の如くだったその祖母も、昨年脳卒中を起こして倒れてから、自由に歩くこともままならなくなっている。

一匹の泥鰌がぴちりとはねて、笊から零れた。

「おおっと！」

良彦は慌てて手を差し伸べたが、畦道で弾んだ泥鰌は雑草だらけの土手の向こうに落ちていった。大切な食糧だが、今は拾っている暇がない。良彦は上着を脱ぎ、風呂敷のようにして笊をくるんで走り続けた。

それにしても、この辺りの土地の荒れようは酷いものだ。一面、人の背丈ほどの雑草で埋め尽くされている。あちこちでススキが白い穂を見せ始めていた。

以前、この一帯はすべて手入れの行き届いた田畑だったのだが、たった一年の間にこうも荒れてしまったのは〝農地改革〟のせいらしい。

米どころである古川がこの有様なのだ。日本全国の食糧不足は推して知るべしである……。

良彦はしかつめらしく眉を寄せた。

実際には、たいして意味は分かっていない。全部、兄の良治の受け売りだ。

良治は、現在、川崎で電気工として働いている。兄が今年の盆に里帰りしたとき、青年団の人たちと話し込んでいるのを、傍《そば》で聞いていたのだ。

良彦自身は意識したことがなかったが、この周辺の山や田畑は、ほとんど自分の家のものだったらしい。元気だった頃の多嘉子が采配《さいはい》を振り、先祖代々の土地を小作人たちに貸しつけ、大切に管理していたという。

ところが農地改革のせいで、その土地のほとんどが国によって買収された。とんでもない安値で買いたたかれた土地は、基本的に小作人に売り渡されるのだが、連合国軍総司令部《GHQ》指導で始まった計画は机上の空論で、まったく現実に即していなかった。その結果、与えられた田畑が小作人だけで管理するには広すぎたり、書類上の小作人がとうにいなかったりという事態が頻発し、放置された土地はあっという間に荒れ果ててしまった。

先祖代々の大事な土地が雑草に呑み込まれていく様を眼にし、祖母の多嘉子は悲しみのあまり脳卒中を起こしたのではないかと、良治は仲間内に語っていた。

加えて、そのいい加減な書類に、父が唯々諾々《いいだくだく》と判を押してしまったとも。

お父《ど》さん――。

良彦の脳裏に、書斎に引きこもっている父の後ろ姿が浮かぶ。

〝日本はこの戦争に勝てない。だから未来のある諸君は、断じて戦争にいくべきではない〟

東京の中学校で英語教師をしていた父、良一は生徒たちにそう告げて罷免《ひめん》された。古川に帰ってきてからずっと、父は〝非国民〟と後ろ指をさされ続けた。

情けね……。

良彦自身、ずっとそう感じていた。

書斎にこもって本ばかり読んでいる父よりも、「鬼畜米英を撃ち殺す」と、猟銃を担いで息巻いている井出のおんちゃんを心底立派だと思っていた。

ところが、日本が戦争に負けた途端、なにもかもがひっくり返ってしまった。

理由はよく分からない。誰も説明してくれない。

ラジオでも毎日のように、「真実はこうだ!」と、本当は終戦の随分前から日本が戦争に負け続けていたことを声高に語っている。

〝敵性語〟であったはずの英語で、「カムカムエヴリバディ」と楽しげに歌っている。

だったら——。

そうしたラジオを聞きながら、良彦は考え込んだ。

ラジオの言っていることが「真実」なら、「日本はこの戦争に勝てない」と言った父の言葉こそが、正しかったのではないか。

〝絶対に勝つ〟はずだった戦争に負けたのに、それについては先生からも誰からも一言も説明がない。誰も「自分が間違っていた」とは言わない。

ただただ教科書に墨を塗らされて、それでおしまいだ。

やたら威勢がよかった井出のおんちゃんは、今では近くの王城寺原飛行場にやってきた進駐軍の前で、小さくなっている。

進駐軍のジープに乗っている大柄な米兵たちは、良彦たち子供の姿を見ると、チョコレートやらガムやらを放り投げてくれることがあった。

鬼畜米英の正体は、赤ら顔ににこにこと笑みをうかべた、ただの外国のおんちゃんだった。

それなのに、父が正しかったと言ってくれる人もまた誰もいない。

よくよく考えると、良彦はだんだん不可解な気分になってくる。

今こそ、父は怒るべきではないのだろうか。

父を〝非国民〟と謗《そし》った相手を、井出のおんちゃんを、存分にやり込めてやればいい。なにより、ずっと父を情けないと恥じていた息子のことを――。

いっそ殴ってくれたほうが、気が晴れるというものだ。

いつも最後には自己嫌悪に囚われる。

それなのに、父は未だに書斎から出てこない。家族とも、誰ともまともに向き合おうとしない。

たまさか気を張って、新しい職場である役場に通おうとしているようだが、大抵途中で気分が悪くなり帰ってきてしまう。

最近兄から聞いたのだが、父のこういう状態を〝神経症〟というらしい。夏目《なつめ》漱石《そうせき》や芥川龍之介《あくたがわりゅうのすけ》のような有名な文学者も、この病気だったそうだ。

東京で職を失い、〝非国民〟呼ばわりされたせいで父は神経症になったのだと、兄の良治は言っていた。

ならば、父が神経症になった原因の一端は、ひょっとして、自分にもあるのではないだろうか。

良彦の胸に苦い思いが込み上げる。

日本が戦争に負ける前の年に、妹と一緒に鳴子峡のトンネルを見にいったことがあった。あのとき良彦は、トンネルの前に立てば、すぐに向こう側が見通せるものだと思っていた。

だが、実際眼の前に現れたトンネルは、巨大な茫々とした闇だった。その先はなにも見通すことができなかった。

この世の中のことは、トンネルと似ている。眼を凝らせば凝らすほど、黒々としてなにも見えず、もどかしい。それでも暗い闇を探っていけば、その先に真実があるのだろうか。

すたすたと闇の奥に消えていく父の幻影を見たとき、良彦はその背中を追いかけたい衝動に駆られながらも、やはり「そちらにはいけない」と感じた。皆と一緒に、明るい場所にいるほうが安全だと思ったのだ。

あのときのことを突き詰めて考えようとすると、良彦の胸はいつも重く塞《ふさ》ぐ。

理由はよく分からない。

父を情けないと恥じていた自分への悔恨のためか、今なお引きこもっている父に対する不甲斐なさのためか、はたまたこの世の中の不確かさのためか。

ただ、どうしようもなく悲しくなる。悔しくなる。

戦争が終わったのに、却って良彦たちの暮らしは厳しくなった。

田畑が荒れ、食糧が不足し、先祖代々の土地がなくなり、祖母が倒れ、父の神経症も治らない。

これらは一体なんのせいなのか。

いつしか足取りが鈍くなっていることに気づき、良彦はハッとした。憂鬱な思いを振り払うように顔を上げる。

気の塞ぐことばかり考えていても仕方がない。それより、今は『鐘の鳴る丘』だ。

上着でくるんだ笊を抱え、良彦は一目散に駆け出した。

荒れ果てた田畑をいくつも越えていくと、ようやく家の垣根が見えてきた。

「あ、兄《あん》ちゃん、早ぐぅ」

良彦の姿に気づき、家の中から美津子が手を振っている。

「『鐘の鳴る丘』、始まるっちゃあ」

「分がてる」

美津子に頷き返し、まずは勝手口から台所に飛び込んだ。

「なんだべ、よっちゃん、泥だらけでねが」

土間《が》で野菜を洗っていた母の寿子が、驚いて振り返る。

「お母さん、泥鰌!」

母に笊を押しつけ、良彦はばたばたと下駄を脱ごうとした。ところが——。

「こらぁああああっ!」

家の奥から、凄まじい怒鳴り声が響く。

ぎょっとして顔を上げれば、半開きの襖の向こうで、座椅子に凭《もた》れた多嘉子が眼を剝《む》いていた。

「そっだら汚らしい格好で、家ん中さ入ってくんでねえ、こんのおだづもっこが！」

半身が麻痺してろくに動けないのに、よくこれだけの大声が出せるものだ。半ば感心してぼんやり見返していると、多嘉子はますます眉を吊り上げた。

「本当《ほんど》にお前《め》は良彦なんがでねえ、悪彦《わるひこ》だっ！」

「ばば様」

憎々しげに良彦をにらみつけている多嘉子の前に、寿子がすっと入ってくる。

「良彦が、また泥鰌さとってぎてくれだでがす」

「泥鰌……」

寿子が泥鰌で一杯の笊を見せると、ふいに多嘉子は気勢をそがれたようになった。

「立派な泥鰌でがす。井戸水で泥を吐がせだら、今度もいい泥鰌汁になるでがす」

多嘉子に説明しながら、寿子が小さく目配せする。その隙に良彦は足だけ雑巾で適当にぬぐい、そそくさと家に上がった。

黒光りするほど磨き込まれた廊下に、良彦の汚れた足跡がぺたぺたとつく。最近母はやけに掃除を徹底しているようで、いささか申し訳ない気分になってくる。

「兄《あん》ちゃん、遅いぃ」

居間では、美津子が焦《じ》れて身を揉んでいた。

「もう、歌っこ終わっちゃったべ」

キンコンカンコンという鐘の音で始まる主題歌も良彦と美津子の大のお気に入りだったが、まだ本編の劇が始まっていないことに良彦はほっとした。

二人で居間の中央に鎮座しているラジオに耳をぴったりとくっつける。

こうしていないと、肝心の台詞《せりふ》がなかなか聞き取れない。ピーピーガーガーと雑音はうるさいし、背後に意味の分からない英語放送が傍若無人《ぼうじゃくぶじん》につきまとっているからだ。

おまけに、どこの家でも電気を使う夕暮れどきの放送のため、突然電力が弱くなり、ふっと音が聞こえなくなったりもする。

良彦と美津子は台詞の一言も聞き漏らすまいと、ラジオにしっかり耳をつけて集中した。

『鐘の鳴る丘』は、兄弟のドラマでもある。復員兵の兄と、感化院を脱走して浮浪児となっている弟が、切ないすれ違いを繰り返す。

〝逃げろ、逃げるんだ！〟

ラジオから、必死な声が響いた。

今日は、兄のいる信州へいこうと、仲間と一緒に無賃で汽車に乗り込んだ弟が、運悪く車掌に見つかってしまうところから始まった。

〝放せ、チキショウ、放せ！〟

弟役を演じているのは自分たちと同じく小学生らしく、切羽詰《せっぱつ》まった声音が余計に身に迫る。シュシュポポという汽車の効果音が臨場感たっぷりで、良彦も美津子も思わず拳を握り締めた。

〝兄ちゃん、兄ちゃん……！　兄ちゃん！〟

車掌ともみ合った挙句、弟は仲間をかばい、なんと汽車から落ちていってしまった。

〝果たして、兄弟の運命やいかに……！〟

語りの巌金四郎《いわおきんしろう》の真に迫った声が響く。

〝この続きは、次回にて〟

一番いいところで放送の終了を知らせる銅鑼《どら》が鳴り、良彦も美津子も「ああ〜っ」と嘆息した。

本当に、十五分間があっという間だ。できることなら、もっともっと聞いていたい。

本当に、『鐘の鳴る丘』は面白い。

放送劇を堪能した後、良彦は泥だらけの服を洗おうと土間に下りた。竈では、母が黙々と煮炊きをしている。

「よっちゃん」

服のついでにいがぐり頭までざぶざぶ洗っていると、寿子が声をかけてきた。

「今度も、立派な泥鰌だべな。いつもどこさいってとってくるっちゃ」

「田んぼさ掘るど一杯おる」

「誰に教わったんだべ」

「教わらなぐでもとれるっちゃ」

何気なく答えれば、母は眼を丸くする。

「おがしなごともあるもんだべな……」

呟く母に、良彦のほうが不思議な気分になった。

「おがしぐもなんどもねえ。泥鰌なんで、どごにでもおる」

事実、泥鰌とりは別段誰かに教わって始めたことではない。たまたま田んぼで泥遊びをしていたら、面白いほどとれることに気づいただけだ。

「よっちゃんは、泥鰌とりの名人だべな」

妙に思って見返していると、寿子は急になにかをごまかすように笑った。

なんだべ――。

少々引っかかったが、母はもう夕飯の準備に戻っている。ちらりと覗いた鍋の中身が南瓜《かぼちゃ》だったことに、良彦はうんざりした。このところ、毎晩おかずは南瓜か芋ばかりだ。

泥鰌は……。

辺りを見回し、ハッとした。

少しだけ開いた襖の奥。硝子《ガラス》の器に移された泥鰌を、座椅子に凭れた多嘉子が食い入るように眺めている。

透明な器の中を、泥鰌は折り重なってぐるぐると回っていた。こうして真水の中で二、三日泥を吐かせると、泥鰌の肉は臭みが抜けて甘くなる。

しだっげよ。

涎《よだれ》でも垂らさんばかりに泥鰌に見入る祖母の姿に、良彦はあきれた。

以前、泥鰌をとってきたときも、多嘉子は上機嫌だった。いつもは寿子の料理にあれこれ文句を言うくせに、痺《しび》れていないほうの手で椀を抱えるように持って、さも満足げに泥鰌汁を啜っていた。

しかし、あれではまるで、かどわかした人間を前に、舌舐《したな》めずりしながら出刃を研ぐ山姥《やまんば》だ。

なんちゅう意地汚ねえ、婆《ばばあ》だべ――。

不気味な笑みさえ浮かべて泥鰌に見惚《みと》れている多嘉子に、良彦は小さく首を横に振った。

その晩、良彦は仏間に隠れて、級友の幸太郎から借りた「少年クラブ」を読みふけっていた。時間は相当遅かったが、居間ではまだ多嘉子と寿子がラジオを聞いているようだ。襖の隙間から覗く廊下に、居間の明かりが薄くこぼれている。

ラジオから流れる流行歌にまぎれて、時折、くどくどと小言を垂れている多嘉子の声が聞こえた。母の声はほとんど聞こえない。恐らく「へえ」「へえ」とただ大人しく頷いているのだろう。

最近では下の世話まで母に頼っているというのに、どこまでも横柄な婆だ。

うっかり鼻を鳴らしそうになり、良彦は身を縮める。こんな時間まで起きているのがばれたら、それこそ、多嘉子からどんな説教を食らうか分からない。

兄からもらった懐中電灯で手元を照らし、良彦はページをめくった。「少年クラブ」に載っている探偵小説は、ぞくぞくするほど面白い。

将来は、自分もこんなふうに都会で活躍する探偵になりたいものだ。

良彦は目蓋を閉じて、まだ見たことのない大都会東京の銀座や浅草の街に思いを馳せた。

雑誌を貸してくれた幸太郎は、元〝東京っ子〟だ。

戦争中、縁故疎開とやらで突如現れたこの連中と、良彦は随分遣り合った。あの頃の良彦にとって、東京に関わるものすべてが敵だった。

五人でやってきた彼らのうち、戦後、東京に帰ったのは二人だけだ。幸太郎を含めた残りの三人は、今でもこの村の親戚の家に身を寄せている。東京大空襲で、家が全焼してしまったのだそうだ。幸い三人とも家族は無事で、それぞれ東京には父親だけが残り、母親は古川に移り住んでいる。

母親たちがやってくると、〝東京っ子〟の三人は、やみくもに地元の良彦たちと張り合うことも、校庭の隅で隠れて泣くこともなくなった。

〝東京っ子〟のリーダー格だった幸太郎は、今では良彦の親友だ。

青瓢箪のように生白かった顔もすっかり日焼けし、いつの間にか地元組と見分けがつかなくなった。以前なら、汚いだの危ないだの吐《ぬ》かして、絶対に入ろうとしなかった田んぼの用水路代わりの小川にも、平然と裸で飛び込むようになっていた。最近は、語尾まで「だべ」と訛るくらいだ。

東京の父親から少年雑誌が届くたび、幸太郎は真っ先にそれを良彦に貸してくれる。

んだども……。

良彦は眼をあけて、仏間の暗闇を凝視した。

もし空襲で両親が命を落としていたら、幸太郎たちも『鐘の鳴る丘』に出てくるような浮浪児になったのかもしれない。そう考えると、遥か遠い世界の存在で、格好よくさえ思っていた浮浪児たちの姿が、急に生々しく感じられた。いくら泣いても両親が戻ってくることはないという現実は、あまりにつらい。

両親と一つ屋根の下で暮らしている自分は、幸せなほうなのかもしれない。

とは言え、書物だらけの書斎に引きこもっている父は、滅多に姿を現さないのだけれど。

良彦は小さく息をついて、再びページに眼を落とした。

華麗なる探偵物語の世界に戻ろうと、懐中電灯で照らした文字を追っていく。

「んだがら、それはお前《め》のやりくりが下手なせいだべ」

ふいに多嘉子の叱責の声が響き、良彦は顔を上げた。くぐもるような母の声を聞き取ろうとして耳を澄ます。だが寿子がなにかを言い返そうとするたび、ことごとく多嘉子が大声でそれを遮った。

どうやら、わずかに残された田んぼで収穫した米だけでは、今年の冬を越すことが難しいらしい。小作人たちに頼ることができない今、慣れない寿子だけでは農作業が回らないということもあるのだろう。

そんなの、お母《が》さんだけのせいじゃやねえ。

思わず良彦は、仏間を飛び出していきそうになった。

大黒柱であるはずの父は、農作業どころか、書斎を出ることすら稀なのだから。

だが様子を窺っているうちに、多嘉子の声もぼそぼそと小さくなり、やがては廊下に漏れていた居間の明かりがふっと消えた。

寿子が多嘉子に手を貸して、寝床のある部屋まで移動していく気配がする。

どう折り合いをつけたのかは知らないが、祖母も母もとりあえず今日は休むことにしたらしい。

そろそろ自分も寝ないとまずいだろう。

「少年クラブ」を閉じ、良彦は線香の匂いが染みついた仏間を見回した。闇の中、鴨居に並んだ先祖の遺影が良彦を睥睨《へいげい》している。

そのうちの一枚に、懐中電灯の明かりを当ててみた。

天狗を思わせる白髪《はくはつ》の老人が、薄闇に浮かび上がる。少し前まで良彦は、眼光鋭いこの老人の肖像が苦手だった。

祖母の父であるこの人は、良彦たちの曾祖父《そうそふ》、洪庵《こうあん》翁だ。

兄の良治によれば、洪庵は、幕末に奥羽越列藩同盟《おううえつれっぱんどうめい》を結んだ仙台藩の下で、戊辰《ぼしん》戦争に乗り込んだ武士《もののふ》の一人だったという。古川人の仙台藩に対するわだかまりが完全に消えた訳ではないが、攻めてくるのが新政府軍を騙《かた》る薩長となれば、そんなことを言っている場合ではなかった。奥州《おうしゅう》の威信にかけて、奥羽越が一つになり、薩長を退ける必要があったのだ。

福島の相馬《そうま》藩が薩長軍に降伏した知らせを聞き、「これより先、薩長兵は一兵たりとも入れはせぬ」と裸馬に跨《また》がり、伊達政宗の後裔慶邦《こうえいよしくに》公のいる青葉城《あおばじょう》に駆けていったという曾祖父の雄姿を、良治は見てきたかのように面白おかしく語ってみせた。

懐中電灯を下に向けると、今度は簞笥の横に飾られた写真が照らし出される。

真っ白な装束に身を包んだ女と、羽織袴姿の男。

弱い明かりの中で、お稲荷様の化身のような男女が、じっとこちらを見ていた。多嘉子の結婚式のときの写真だ。多嘉子の隣に立つ背の高い男、〝じじ様〟の園生《そのお》は、良彦が物心ついたときからこの家にいない。

目元が涼しく、鼻筋の通ったじじ様は、写真で見るだけでも大層美男だ。

奥羽越列藩同盟の武士、洪庵の一人娘である多嘉子は、仙台から戻った後、この美男のじじ様を婿に迎えた。

ところがじじ様は、ある日突然、姿をくらましてしまったという。

洪庵が多嘉子に残した、遺産の大半を携えて――。

真偽のほどは定かではない。法事で集まった親戚たちが、姫御前《ひめごぜん》気取りが抜けないから婿に逃げられたのだと、こそこそ噂しているのを漏れ聞いただけだ。

もっとも、曾祖父亡き後、家の実権を握り続けた祖母に真っ向から意見できる人間は、親戚の中にもいなかった。

その気位の高さに、じじ様も嫌気がさしたのだろうか。

懐中電灯の薄明かりに照らし出されたじじ様の白い顔を、良彦はじっと見つめる。

じじ様は、この一枚の写真の中にしかいない。

果たして、生きているのか、いないのか。父も母も、もちろん祖母も、誰もそれに触れようとしない。

もし生きているのなら、良彦の祖父であるじじ様は、今頃どこでどうしているのだろう。

あまりに見つめていたせいか、ふと、写真の中から、じじ様がこちらを見返した気がした。


十月に入ると、急に風が涼しくなった。

薄い鱗雲《うろこぐも》をまとった空が高い。いつもなら、あちこちで収穫祭のご馳走《ちそう》が振る舞われる、一年で一番いい季節だ。

ところが、今年は最悪だ。

母を手伝って大八車の荷台を押しながら、良彦は荒い息を吐く。通常なら天候に恵まれるこの時期に、数日間大雨が降った。おかげで畦道はがたがたで、車輪が何度もぬかるみにはまる。そのたび良彦は全身の力で、車輪を持ち上げなければならなかった。

あんの糞婆……。

額からも顎からも汗を滴《したた》らせ、良彦は朝から数えきれないほど唱えてきた悪罵《あくば》を胸の中で繰り返す。

この日、良彦と寿子は多嘉子の命を受けて、冬を越すための米をもらいに、五里も先の広原《ひろはら》村を訪ねることになった。できるだけたくさんの米を都合してもらってこいと、多嘉子はいつもの座椅子に凭れて厳命した。

簡単に言ってくれる。

空の大八車を押していくだけでもこれだけ大変なのに、帰りは荷台に大量の米を積むことを考えると、眩暈がしそうになる。

「よっちゃん、やっどいいお天気になっだなぁ」

けれど、大八車を引く母は思いのほか呑気《のんき》だ。息を弾ませながらも、時折鼻歌まで唄っている。

多嘉子から離れることができるのが余程嬉しいのだろう。ぬかるみの道で大八車を引くのは重労働のはずなのに、寿子の背中からは解放感が溢れている。

この日、良彦たちは広原村で一泊することになっていた。五里の道程の運搬を日帰りで往復しろとは、さすがの多嘉子も言えなかったようだ。その間、多嘉子の世話には、かつての小作人にきてもらうことになっているらしい。

「この辺はだらだら坂だべな。帰りのほうがきっど楽だべ」

母の楽しげな声を聞くと、良彦もそれ以上悪態をつく気にはなれなくなった。

週末の楽しみの『鐘の鳴る丘』はお預けだが、帰ったら、美津子にあらすじを教えてもらおう。二年生になった美津子は一層賢く、今では家事もおおかたこなすようになっていた。

「お不動さんの塚が見えだら、お昼にすんべな」

寿子は何度もそう言うのだが、肝心の塚がちっとも見つからない。

この一帯は、もともと広々とした平野だ。以前なら、今頃は収穫後の水を落とした乾《かん》田《でん》がどこまでも広がり、ぽつり、ぽつりと不動明王や馬《ば》頭観音《とうかんのん》の塚が見えた。

ところが今は、どこもかしこも枯れた葛《くず》に覆われ、すっかり荒れ果ててしまっている。たった一年でも人の手が入らないと、田畑はこうも簡単に駄目になってしまうのか。

見慣れた風景が変わり果てていくことに、良彦は少なからず衝撃を覚えた。

今までにも冷害や日照りの年はあったが、ここまで酷くはなかった。

「あの辺が、お不動さんがもしんねえな」

寿子が、枯れかけた雑草の上に立つ、三本の杉の木を指さす。

畦道に大八車をとめ、良彦は寿子と並んで梅干しのお結びを黙々と食べた。敵の偵察機が飛んでくることはなくなったが、今年の収穫祭のご馳走はとても望めそうになかった。

「さ、いぐべ」

再び大八車を押し始めたとき、日差しは既に黄みを帯びていた。

それから途中で何度か休憩をとったり、ぬかるみにはまった車輪を引き抜くのに苦心したりしながら、なんとか広原村に到着したときには、日が暮れかけていた。

広原村は良彦が住む村より鄙《ひな》びていたが、田畑の手入れは行き届いている。ようやく見慣れた田園風景が現れ、良彦は微かな安堵を覚えた。地元では美女の寝姿にたとえて姫寝《ひめね》山《やま》とも呼ばれる優美な稜線《りょうせん》の薬莱山《やくらいさん》を背後に、刈り入れの終わった乾田が広がっている。

「お母《が》さん、ここらへんの田んぼは雑草だらけでねんだな」

なだらかな稜線に沈む夕日を眺めながら、良彦は母に声をかけてみた。

「この辺りはまだ人手が足りてんだべ」

以前はここにも家の土地があり、そこで働く小作人たちにはたびたび古川にもきてもらっていたのだと寿子は語った。ならば、どうして今はきてもらえないのだろう。

農地改革のせいだと兄は言うが、〝改革〟というのは、よりよく改めることではないのだろうか。

「なして、うちのほうは人手が足りなぐなったんだべ」

「難しいごとは、お母《が》さんには分がんね」

母は曖昧に首を横に振る。

「けんど、農地改革ったって、お百姓たちが自分で決めだごとではねえべ」

呟くように言いながら、寿子は前を向いた。良彦は無言で荷台を押す。

せっかく戦争が終わったのに、どうしてよい世の中がこないのだろう。兄の良治が働く川崎では、食糧不足のあまり、たびたび暴動が起きるという。

だが、母に分からないことが、自分に分かる訳がない。

やがて、藁葺き屋根の小さな農家の前で、寿子が大八車をとめた。古い家だったが、門の前はきれいに掃き清められ、軒先にはたくさんの柿や大根が干してあった。

良彦たちを迎えてくれたのは、母より少し年嵩《としかさ》の小母さんだった。

「遠いどごろ、大変だったべねや。さあ、あがってけらいん、あがってけらいん」

大八車を引いてきた良彦と寿子を、小母さんは歓迎してくれた。

家の中には、小母さんの旦那らしい男性がいた。母と小母さんは旧知のようだったが、良彦はどちらの顔にも見覚えがなかった。法事で集まる親戚の中にも、二人がいた記憶はない。

「次男の良彦でがす」

「大ぎぐなっだでなすなぁ」

だが小母さんは良彦を知っているようで、母の紹介に満面の笑みを浮かべた。

髪には白いものが交じり、目尻には深いしわが刻まれているけれど、その顔立ちは整っていてなかなかに美しい。

「お母《が》さん、あれ誰ちゃ」

隙を見て囁くと、「喜勢子《きせこ》おばちゃんちゃ」と、母はさも当たり前のように答えた。

喜勢子おばちゃん――?

良彦には、やっぱり覚えがない。

だが、囲炉裏《いろり》を切った居間に案内され、栗や栃餅《とちもち》や猪鍋《ししなべ》を振る舞われると、ここがどこなのかも小母さんと男性が誰なのかもたいして気にならなくなってきた。それよりも、あきらめかけていた収穫祭のご馳走にようやくありつけたようで、満ち足りた思いが込み上げた。

食後は、風呂にまで入れてもらえた。仏間に敷かれた布団に入った途端、昼間の疲れがどっと出て、良彦はあっという間に眠りに落ちた。

昏々《こんこん》と眠り込むうちに、いくつかの夢の間《あわい》をさまよった。

夢の中で、良彦が寿子と大八車を引いていると、その横を裸馬に跨った天狗のような老人が白髪をなびかせて駆け抜けていった。いつしか良彦までが馬に乗り、「薩長なにするものぞ」と、雄叫《おたけ》びをあげていた。

目指すは仙台藩の青葉城。薩長兵を断じてここで食いとめねばならぬ。

老人の命《めい》に、良彦は槍を掲げて「えいえい」と応える。

その途端、馬が立ち上がり、眼の前の青葉城がぐにゃりと歪《ゆが》んだ。

馬から振り落とされた良彦は、気づくと竹槍を手にしていた。「鬼畜米英を撃ち殺す」と、井出のおんちゃんが猟銃を手に肩で風を切って歩いている。良彦も竹槍を手に、鬼畜米英を模した藁人形に突進していく。

ところが、足元にぽかりと穴が開いた。

落ちる――！

暗闇の中に落ちた良彦の前に、今度は天体望遠鏡を手にした父が現れる。父はにやりと笑い、踵を返してすたすたと闇の奥へ消えていく。

お父さん！

お父《ど》さん……。

父の背中を追いかけようとした瞬間、唐突に意識が戻った。

良彦はぼんやりと眼を瞬《しばたた》かせる。

そのとき、どこかから、華やかな笑い声が響いてきた。それが母の寿子のものであることに、良彦はなかなか思いが至らなかった。

再びどっと笑い声が沸き、良彦の頭もようやくはっきりする。

襖の向こうから、三人の大人たちが楽しげに談笑しているのが聞こえてきた。その中心となっているのが、どうやら寿子であるらしいことに、良彦は驚く。

あんなふうにはしゃいでいる母の声を、家では聞いたことがない。

もしかすると、ここは母方の親戚の家なのかもしれない。

良彦は、母方の親戚のことをあまりよく知らなかった。寿子の両親は早くに他界していたし、そもそも旧家の嫁が実家に出向くことを、多嘉子が快く思っていなかったからだ。

だが食糧が不足して、やむなく母方の親戚に頼ることになったのだろうか。

そう考えれば、母が朝から解放感に溢れていた理由がよく分かる。

良彦はもぞもぞと布団の上で身を起こした。窓辺の障子をそっとあければ、月明かりが部屋の奥まで差し込む。

ふと、仏間に飾られた写真が視界に入った。薄暗がりの中、良彦はじっと眼を凝らす。

おさげ髪の女児と並ぶ、男女の姿があった。

おさげを肩に垂らしているのは、子供時代の喜勢子小母さんだろう。男女は小母さんの両親に違いない。その隣に、同じ男性の遺影が飾られている。良彦の父よりずっと若い。

小母さんの父は、随分早くに亡くなったようだ。

日に焼けた肌は荒れ、顎には無精髭が浮いているが、壮齢の男性の表情は穏やかで優しい。

仲良く並んだ位牌《いはい》の横には、初老の女性の遺影もあった。こちらはそれほど古くない。少し前に亡くなったらしい小母さんの母は、地味な顔立ちをしている。

良彦の家の仏間に飾られている肖像や写真の人たちのように、垢《あか》ぬけた美男美女でもなければ、豪華な着物を着ている訳でもない。小母さんの両親は、質素な身なりをしていた。

きっと、ここに残っているのは唯一の記念写真なのだろう。

だが……。

心になにかが引っ掛かり、良彦はまじまじと写真を眺めた。

そのとき、突然、ぱっと襖があいた。

「なんだべ、よっちゃん。まだ起ぎでだのか」

ぎょっとした良彦の前に、顔を上気させた寿子がふらふらと足を進める。

「どしたべ、寝られねえだが?」

眼の前に膝をついた寿子の息があまりに酒臭いことに、良彦は思わず顔をそむけた。

「お母《が》さん、酔っ払ってんのが……?」

まさかと思って尋ねたのに、寿子はあっけらかんと笑ってみせる。

「酔ってでね、酔ってでね。ほんのちょごっと、喜勢子さんの旦那さんのお相伴《しょうばん》に与《あずか》っただけだべ」

母の明《あ》け透《す》けな態度に、良彦は呆気《あっけ》にとられた。

家では、父もほとんど酒を飲まない。時折、多嘉子が晩酌をするが、こんなふうに酔っ払ったことは一度もない。さすがに羽目を外しすぎではないのか。

「ああ、楽しい。ええ気持ちちゃあ」

だが母が幸せそうに寝床に入るのを見ると、良彦の非難じみた思いは小さくなった。

普段、鬼のような姑の下で苦労や我慢を強《し》いられている母が、自分の身寄りの家でくつろいだところで罰《ばち》は当たるまい。

少々驚いてしまったが、日頃の憂さ晴らしだと考えれば無理もないだろう。

「お母《が》さん、お母《が》さん」

寿子が眠る前に、良彦は急いで声をかけた。

「あん人はお母《が》さんの親戚だべか」

「違うちゃあ」

布団に俯《うつぶ》せたまま、寿子が面倒そうに答える。

「じゃあ、ここは誰の家だべ」

「今は喜勢子さんの家だ」

埒《らち》があかない返答に、良彦は焦れた。

「んだがら、一体、どういう家だべ」

「知りたいだべか」

ふいに寿子がごろりとこちらへ寝返りを打つ。薄闇の中、向かい合う形になった母の眼がきらりと不思議な光を放った。

頷いた良彦に、寿子は呟くように語り始めた。

「ばば様の父様《とと》、洪庵さんの話ちゃ……」

意外なことに、寿子の話は戊辰戦争の勇士、曾祖父洪庵にまで遡《さかのぼ》った。

相馬藩が薩長軍に降《くだ》ったことを知るなり、洪庵が裸馬に跨って青葉城まで駆けていったところまでは良彦も知っている。

だが、そこから先は、兄の良治の話とは随分と色合いが違った。

慶応《けいおう》四年の夏。相馬国境にまで薩長軍に迫られた仙台藩は背水の陣を敷いて戦《いくさ》に臨むも、負けに負ける。

当時仙台藩は二千余りの大軍団を擁していたが、イギリスから最新型の銃器を購入していた薩長軍とは比べるべくもなかった。仙台藩の兵士が携帯していた火縄銃は、にわか雨が降っただけで使えなくなってしまう代物だったのだ。

おまけに列藩同盟を離脱した相馬藩が地の利を生かし、薩長軍の先鋒《せんぽう》となって向かってきた。まさに昨日の友は今日の敵だ。

「どごの戦場《いくさば》いっても、負げて、負げて、負げて……。このまんまだと仙台藩が滅びるっちゅうところまできたんだべさ」

途中、旧幕府軍の榎本武揚《えのもとたけあき》の艦隊が仙台領の松島《まつしま》港に入港したが、既に時機を逸していた。

御屋形《おやかた》様――伊達慶邦公は、仙台藩の降伏を決定する。

降伏後も蝦夷《えぞ》行きをめぐり、仙台藩政は揺れに揺れるのだが、そうした上層部の動きとは裏腹に、完全な虚脱状態に陥《おちい》ったのが、〝奥州死守〟と最前線で泥にまみれて戦っていた洪庵のような田舎侍だった。

おまけに降伏が決まった途端、「薩長は官軍、我らの主君、慶邦様は逆を捨て、順についただけ」と、それまでの「薩長殲滅《せんめつ》」とはまるで反対の風潮が広まり、洪庵は茫然《ぼうぜん》自失《じしつ》した。かつて古川の大崎氏を滅ぼした仙台藩とは、こうも当てにならないものであったのかと。

自暴自棄となった洪庵は、仙台で放蕩《ほうとう》の限りを尽くし、一人の遊女と懇《ねんご》ろになる。そして、その若い遊女を古川に連れ帰り、正妻である多嘉子の母を広原村へ隠居させてしまったのだという。

「んだども、ばば様の母様《かか》も、たんだ追い出されだりはしねがった。古川の家を発《た》つ前に、一計さ案じたんだべ」

「一計?」

いつしか話に引き込まれ、良彦は母の酒臭い息も気にならなくなっていた。

「んだ」

寿子が深く頷く。

「そんどき、ばば様はまだ三つのめんごい童子《わらしこ》だべ」

多嘉子の母は三歳の娘を女中頭《がしら》に預け、たとえ遊女に子ができたとしても、その子に決して負けない跡取りとなるよう、仙台でしっかり教育するように言《こと》づけた。続けて、まだ幼い我が子に、必ずや将来自分を迎えにくるように誓わせた。

「世が世なら、ばば様は武家の姫様だったんだべ」

もし戊辰戦争で奥羽越列藩同盟が勝っていたら、そうした時代はきたのかもしれない。

「けんど三つの童子《わらしこ》には、なんども荷の重い約束だべなぁ……」

幼子《おさなご》だった多嘉子に同情したのか、寿子はうっすらと瞳を潤ませる。

母との誓いを忘れぬよう、女中頭に厳しく躾《しつ》けられ、物心ついた頃より多嘉子は全身全霊で勉学に打ち込んだ。

洪庵の死後、充分な教養を身につけ正式な跡取り娘として古川に帰ってきた多嘉子は、後妻然と振る舞っていた遊女と真っ向から対決する。散々の攻防の末、ついに多嘉子は遊女を追い出し、幼き日の誓い通りに、広原村まで生母を迎えにいったという。

「ばば様は、その頃から強いおなごだったんだべ」

寿子がふうっと溜め息を漏らした。

仙台藩の日和見主義にもあきれるが、勇士であったはずの洪庵もまた、家族にとっては相当迷惑な好色爺《じじい》だったらしい。

「戦争なんで、昔も今も、一つも面白ぐね」

母は眼を据わらせて天井をにらんだ。

「帝《みかど》のため、奥州のため、御屋形様のためと言うけんど、私《わだす》はそっだらごと信じね。皆、つまんねえ面子《メンツ》とか、私利私欲のためにやっだごとだ。負げた仙台藩も腰抜げだけんど、勝った薩長軍もろくなもんでねぇ。担ぎ出された帝もいい迷惑ちゃ」
あちこちで戦闘を繰り広げた兵は、勝ったほうも負けたほうも、散々に〝分捕《ぶんど》り〟を行った。敵兵だけではなく、味方の兵さえも空腹に耐えかねれば農家の土蔵を破り、食糧を漁《あさ》ったという。米を盗まれ、馬を奪われ、犠牲になるのは、常に力のない村人たちだった。

特に、降伏後、仙台藩に駐屯した薩長軍の乱暴狼藉《ろうぜき》は目に余った。食糧を取り上げ、農耕用の大事な牛馬を殺して食べつくし、白鳥信仰のある領民の眼の前で白鳥狩りをした。

なにが帝の軍隊かと、誰もがあきれ果てたそうだ。

そんな戦争に比べれば、幼き日に誓った母との約束を守ろうと、たった一人で勉学に励んだ多嘉子の孤独な戦いのほうがどんなにか尊《たっと》い。

普段からは想像もつかない饒舌さと激しい口調で語り終わると、寿子はごろりと寝返りを打った。

「ここはなぁ、ばば様の母様《かか》が昔、隠居してた家ちゃ」

枕の上に突っ伏し、寿子は突然、わなわなと肩を震わせ始める。

「お母《が》さん、どした」

良彦は心配になって、布団の上で身を起こした。震える肩に腕を伸ばそうとすれば、母がぱっと掛け布団をはねてこちらを向く。

良彦は呆気にとられた。

泣いているのかと思ったが、寿子は身体をくの字に曲げて、引きつけを起こすほど笑っていた。

「そ、それに……、戦争は面白ぐもなんどもねえけんど、ばば様は面白《おもしれ》え……」

目尻に涙を滲ませて、寿子は笑い続ける。

「よっちゃんも、聞ぎてえか、内緒の話……」

妙な興奮状態にある母に、良彦はごくりと唾を呑んだ。先ほど大人たちが散々笑っていたのは、もしかしてこの話か。

酒臭い息を吐きながら、寿子は再び語り始めた。

広原村で酷い暮らしをしていた生母を救い出し、洪庵と遊女の放蕩で廃《すた》れかけていた家を立て直すため、若き日の多嘉子は婿を取ることを決める。

白羽の矢を立てたのは、仙台の師範学校を卒業した五歳年下の園生だ。

「園生さんは、そりゃあええ男だったんだと」

うっとりしたように寿子が呟く。

良彦の脳裏に、一枚だけ残っている結婚写真の中の、羽織袴姿の美青年の姿が浮かんだ。

「けんど、園生さんには既に想い人がおってな……」

貧しかった実家への援助を条件に婿入りしたものの、園生は長い間、かつての恋人を思い切ることができない様子だった。

「ばば様は賢いおなごだべ。園生さんを振り向かせようと、一世一代の作戦を立てただ」

ある晩、多嘉子は洪庵の残した遺産をかき集め、それを園生の前に差し出して告げた。

〝そんなに好きな人がいるなら、いっそ、この金をもって駆け落ちしろ〟と。

腐っても武士の娘である誇りと度量の大きさを見せつければ、書生上がりの園生は必ず自分に惚れ直すはずだと多嘉子は踏んでいた。

確かに園生は、多嘉子の手を両手で握り締めて大感激した。

「んだども園生さんは、本当《ほんど》にその金をもって、駆け落ちしてしまったんだと」

言い終わらぬうちに、寿子はお腹を抱えて笑い転げる。

当てが外れた多嘉子は、ぽかんとしてその後ろ姿を見送ったという。

「馬鹿でねが」

良彦は思わずこぼした。この話が本当なら、多嘉子は相当の間抜けだ。

「女心が分がんねえ、園生さんも相当なもんだべ」

寿子は顔を上気させて笑っている。

「お母《が》さん、そっだら話、どこで聞いただ」

「ばば様本人から聞いたんだべ。本当《ほんど》に本当《ほんど》に内緒の話ちゃあ」

良彦は言葉を失った。

話の内容はもちろん、傲岸不遜《ごうがんふそん》な祖母とひたすら従順な母の間に、そんな内緒話が成立していたとは思ってもみなかった。

加えて、酔っ払っているとはいえ、それをこんなに楽しげに暴露してしまう我が母にも――。

「しだっげ、いつまでも落ち込むばば様ではねえべ」

絶句する良彦の前で、母は意気揚々と続ける。

多嘉子はすぐに気を取り直し、私塾で学んだ栄養学の知識を生かして村の集会所で婦人向けの教室を開き、若くして地元の婦人会の代表に選出された。園生の子を身ごもっていることが分かると、一層、気を強く持った。先祖代々の土地を切りまわして家の再建に努め、後に生まれた良一を女手一つで育て上げ、東京の高等師範学校にまで入学させた。

「ばば様と園生さんが一緒に暮らしだのはほんの短けえい間《あいだ》だったけんど、そんでも夫婦の情は確がにあったんだべな」

散々笑った後、寿子はふいにしんみりと呟く。

「園生さんは、泥鰌とりの名人だったたって話ちゃ」

寿子にじっと見つめられ、良彦はいささかうろたえた。

多嘉子が病気になると、園生はいつもどこかから泥鰌をたくさんとってきて、手ずから料理をしてくれたという。

硝子の器の中の泥鰌を食い入るように見つめていた多嘉子の姿が甦り、良彦は妙な心持ちに襲われる。

「不思議なもんだべなぁ……」

酒臭い息を吐きながら、寿子が掛け布団の中に潜り込んだ。

「よっちゃんの泥鰌とりの才能は……園生さん譲りなのがもしんねえな……」

「そっだらこと」

言いかけて、良彦は口をつぐむ。

そんなことある訳ない。泥鰌なんて、誰だってとれる。そんなことより——。

「お母《が》さん！」

布団の中で崩れるように脱力していく母の肩を、良彦はゆすった。肝心なことを、まだ聞けていない。

「あの小母さんは誰ちゃ」

「喜勢子さんだべ」

「だがらそれは誰ちゃ」

「喜勢子さんは……喜勢子さんだべ……」

「お母《が》さん！」

もう一度強くゆすったが、母の身体はつきたての餅のようにぐにゃりと潰れた。あっという間に寝息が聞こえ、良彦は唖然とする。

だが、母がこんなに滔々《とうとう》と話をしたのは初めてだ。

良彦はしばらく薄暗がりの中で寝息とともに上下する母の布団を見つめていたが、やがてあきらめて自分も寝床に戻った。


翌朝、寿子の体調は最悪だった。

せっかく喜勢子小母さんが朝食に茶粥《ちゃがゆ》を用意してくれたのに、それすらほとんど口にできなかった。代わりに良彦は、茶粥を三杯と胡桃柚餅子《くるみゆべし》もしっかりと平らげた。

大八車に米を積んでもらい、良彦と寿子は小母さんの家を後にした。喜勢子小母さんは家の前に立ち、いつまでも良彦たちを見送ってくれていた。

この日もよく晴れて、空が高い。抜けるような青空に、鳶《とんび》が悠々と輪を描いている。幾分乾いた畦道の上を、良彦は一層重くなった大八車を全身で押しながら進んだ。

「お母《が》さん、大丈夫が」

よろよろと大八車を引く母に、良彦は声をかけてみる。寿子は力なく頷くが、その背中にはどんよりとした黒雲がかかっているようだった。

いくつも乾田を越えていくと、桑の木の茂みが見えてきた。

「お母《が》さん、少し休むべ」

まだ広原村を出ていなかったが、寿子があまりにつらそうなので、良彦は休憩を申し出た。

畦道に大八車をとめ、桑の木陰で母を休ませる。ちょうどいい石があったので、寿子とともに腰を下ろし、手拭いで額に滲む汗をぬぐった。

母と並び、乾田の向こうに横たわる姫寝山を眺める。山頂から山肌が赤や黄や橙に染まり、山の姫は紅葉の金襴緞子を纏《まと》って仰臥《ぎょうが》していた。

ここはもともと、農作業をする人たちが休憩をとる場所なのだろう。塩梅《あんばい》のいい石の上で、良彦は水筒の水を飲んだ。

「よっちゃん……」

寿子はしばらく眼を閉じて休んでいたが、やがて恐る恐るといったふうに声をかけてきた。

「昨夜、お母さん、なんがおがしなごと言っただべか」

青い顔からますます血の気が引いている。

どうやら寿子は、酔っ払ってはしゃいでいた昨夜の自分を、ほとんど覚えていないようだった。

「言ってね」

即座に答えると、母の頰に明らかな安堵の色が浮かんだ。

嘘を言ったつもりはない。母は別段、〝おかしなこと〟は言わなかった。むしろ、いつもなら隠しているようなことを、あっけらかんと話してくれた。

もっと話してくれればいいのに、と良彦は思う。

日本が戦争に負けたことも、父が書斎から出てこないことも、田畑が荒れてしまったことも、自分なりに考えられる手掛かりが欲しい。

「お母《が》さん、あの小母さんはどういう人ちゃ」

良彦は改めて尋ねた。

「喜勢子さんは……」

寿子は少し言い淀《よど》んだ後、思い直したように小さく首を横に振る。

「喜勢子さんは、ばば様の遠い親戚の娘さんだべ。喜勢子さんのお父《ど》さんが早ぐに亡ぐなったんで、ばば様の母様《かか》が昔隠居してた場所を貸したんだべ」

良彦は無言で母を見返した。

「さ、そろそろいくべ」

視線から逃げるように、寿子が立ち上がる。

それからは、良彦もただ黙々と大八車を押し続けた。

太陽が天頂を過ぎ、荒れ果てたお不動の前で昼食をとる頃には、寿子も随分元気になってきた。大汗をかいたせいで残っていた酒が抜けたらしく、青白くむくんでいた顔に、うっすらと血の気が戻っている。

喜勢子小母さんが昼食に持たせてくれたのは、母の好きな山椒味噌のお結びだった。

朝食抜きで、重い大八車を引いてきた母は、むさぼるようにお結びを食べている。良彦も負けじと、まだ仄《ほの》かに温かいお結びにかじりついた。竹の皮包みの中には、お結びのほかに、甘い味噌入りの蒸し麵麭《パン》、雁月《がんづき》まで入っている。

喜勢子小母さんは、どこまでも良彦たちに親切だ。

昨夜、寝床で聞いた母たちの楽しげな談笑が、耳の奥でさざめいた。

「帰っだら、風呂さ入んねえどいげねな」

泥が跳ねていたのか、寿子が良彦の額を手拭いでぬぐう。そのままいがぐり頭までふこうとするので、良彦は急に照れ臭くなって母の手を逃れた。

「風呂なんが、いいって」

同じように重たい大八車を引いている母に、風呂の準備などさせたくない。

「大丈夫だ、お父《ど》さんが全部やってくれっから」

母がさらりと口にした言葉に、良彦は一瞬きょとんとした。

寿子はちょっと得意げに良彦を見返す。

「よっちゃんは学校さいってるがら知らねだろうけんど、最近、お父《ど》さんは昼間、家の中の仕事をよぐやってくれるんだべ。ばば様は、あんまりいい顔しねえけんどな」

お結びを食べ終えた母が、竹皮をたたんで立ち上がった。大八車のもとへ戻っていく母の後ろ姿を、良彦はぼんやりと見やった。

そう言えば――。

最近家の廊下がいつにもまして黒光りしていたのを思い出す。祖母が倒れ、農作業に小作人がこなくなり、母はただでさえ忙しいのに、よくあんなに丁寧に磨く時間があるものだと、常々疑問に感じていた。

まさかそれを、父がしていたのか。

しかし、いつも書斎に引きこもって本ばかり読んでいるあの父が、廊下を雑巾がけしている姿など、想像ができない。

書物や絵画や天体にしか興味のない父は、最近知った言葉で言うと、インテリゲンチャとかいう奴らしい。その父が家事なんて。

農作業はともかく、家事をする男親など、よそでは聞いたことがない。

母の話が本当なら、やはり父はどこかおかしい。

しかも、父が磨き上げた廊下に、自分がぺたぺたと汚れた足跡をつけていたなんて……。

申し訳ないような、あきれたような、奇妙な心持ちが込み上げる。

「よっちゃん、いくべ」

母が再び引き始めた大八車の荷台を、良彦は慌てて支えた。

米の載った荷台はずっしりと重く、ときどき脚にしびれが走った。けれど、昨日に比べると道が乾いているせいか、危ぶんでいたほどはつらくない。

寿子と良彦は力を合わせて枯れ草に呑まれた荒れ地を進み、わが家を目指した。

ゆるやかな坂をだらだらと下っていくと、やがて一筋の煙が立ち昇っているのが見えてきた。

「ほらな、お父さんが、風呂沸《ど》がしでくれでる」

振り返った母が柔らかくほほ笑む。

男親が家事をしていることへの違和感はぬぐい切れないが、母の嬉しそうな顔を見ると、自分の屈託などどうでもよい気がしてきた。

良彦はしびれた脚に力を入れて、最後のひと頑張りとばかりに荷台を押した。


その日の夕食は賑やかだった。寿子の留守中、多嘉子の世話をしてくれていたかつての小作人たちが、米と一緒に持たせてもらった野菜や茸で、味噌鍋を作ってくれた。胡桃柚餅子や雁月のお土産に、美津子は歓声をあげた。多嘉子もまんざらでもなさそうな顔をしていた。

珍しく父も書斎から出てきて、皆と一緒に囲炉裏を囲んだ。

一番風呂に入った良彦は、美津子の隣に座った。

「兄《あん》ちゃん、美味しいちゃあ」

美津子が嬉しそうに山の茸を頰張る。良彦はふくらはぎを揉みながら、二日連続のご馳走に舌鼓《したつづみ》を打った。

父の良一は、黙々と飯を口に運んでいた。何年も家から出ようとしない父の頰は青白い。中学校の教師を罷免されても、その佇《たたず》まいはやっぱりインテリゲンチャだ。

その父が、廊下を雑巾がけしたり、風呂を焚《た》いたりしている様子を想像すると、良彦はやっぱり呆然としてしまう。

けれどよく考えると、父が家事をするのは、今に始まったことではないかもしれない。

村に初めて敵の偵察機がきた日の晩も、父は役場の会合に出かけた祖母と母に代わって夕飯を作り、良彦と美津子に食べさせてくれた。

父がこさえた薯蕷は美味しかった。

そうやって思いを巡らせてみると、終戦の前後で態度が変わらなかった大人は、父だけのような気がする。

東京からお土産を買って帰ってきたときも、天体望遠鏡で星を見せてくれたときも、書斎に挨拶にいく良彦に「おはよう」「お休み」と声をかけるときも、父はいつだって、物静かで淡々としていた。

王城寺原飛行場にやってくる太った米兵にぺこぺこしている井出のおんちゃんの豹変ぶりに比べ、戦前も戦中も戦後も、父は父のままだ。

「喜勢子さんはお元気でがした」

味噌鍋の給仕をしている寿子が、良一と多嘉子の耳元でそっと囁いているのが聞こえた。

多嘉子は横柄に顎をしゃくっただけだったが、父はわずかに笑みを浮かべたように見えた。

二人の様子を横目で窺いながら、良彦は椀の中の牛蒡と茸をかき込んだ。

夕食後、良彦はまたも仏間に忍び込んで、懐中電灯で手元を照らしながら、「少年クラブ」を夢中になって読んでいた。身体は疲れていたが、すぐに眠る気分にはなれなかった。

探偵小説はどんどん面白くなっている。黄金を奪った犯人が誰なのか、気になって仕方がない。けれど、探偵小説も『鐘の鳴る丘』も、いつもここぞというところで「続く」になってしまうのだ。犯人まで後一歩というところでページが終わり、良彦は歯嚙みした。

未練がましくページをぱらぱらめくっていると、ふいに寒気がした。北国の十月の夜は冷える。気がつくと、せっかく風呂で温まった身体がすっかり冷え切っていた。

この先、屋外の厠《かわや》へいくのがつらい季節がやってくる。

良彦は息を吐いて「少年クラブ」を閉じた。襖の向こうはしんとしている。

多嘉子もこの日ばかりは寿子をねぎらい、大人たちは早々に休んだようだ。

昨夜の母の話を思い出し、良彦は鴨居にかかった洪庵曾祖父の肖像に懐中電灯を向けた。ぼんやりとした明かりの中、天狗のような老人が相変わらず良彦を見下ろしている。

けれどその威厳に満ちた顔つきは、正直随分印象が変わった。

どれだけ勇猛であろうと、正妻と三歳の娘を追い出して、若い遊女に入れあげるとはいただけない。

もう少し違った晩年の過ごし方があったのではないかと抗議の眼差しを向ければ、洪庵翁の表情が心なしか歪んだ気がした。

「さ、寝んべ」

小さく呟き、懐中電灯を下ろす。

そのとき、ふと、誰かに見られているような気配を感じた。

懐中電灯の明かりの先に、多嘉子の結婚式の写真が浮かび上がる。真っ白な装束と紋付き袴にそれぞれ身を包んだ、お稲荷様の化身のような美男美女。

〝よっちゃんの泥鰌とりの才能は……園生さん譲りなのがもしんねえな……〟

唄うような母の声が甦り、まさかと首を横に振る。

泥鰌をとるのに、才能もへったくれもない。

しかしなにかが気になって、良彦は簞笥の横の写真に近づいた。間近から懐中電灯の明かりをかざし、まじまじと二人を見つめる。

切れ長の眼差しで、園生がじっと良彦を見返した。

「あ！」

その瞬間、良彦の口から大きな声が出た。

喜勢子小母さんの家の仏間に飾られていた遺影。あの男性は、まさか——。

白かった頬は日に焼け、無精髭だらけになっていた。だが、遺影の中で優しげな笑みを浮かべていた目元が、眼の前の涼し気な切れ長の一重《ひとえ》にゆるやかに重なる。

あの遺影の男性は、もしかして〝じじ様〟であったのか。

〝大ぎぐなっだでなすなぁ〟

満面の笑みを浮かべていた喜勢子の面影が浮かんで消えた。

それでは、あの人はじじ様の……。

良彦は、言葉にならない声を呑む。

写真の中の園生と多嘉子が、唇に微かな笑みを浮かべていた。


翌週末。良彦は再び泥だらけになって大量の泥鰌をとった。

そろそろ乾田に霜が降りる。恐らくこれが、今年最後の泥鰌だ。たくさんの泥鰌がうごめく笊を抱え、良彦は駆け足で家に帰った。

「こらぁああああっ！」

真っ黒なまま家に上がろうとする良彦に多嘉子は癇癪《かんしゃく》を起こしたが、泥鰌を見せるとすぐに相好《そうごう》を崩した。その変わり身の早さは、いっそ現金なほどだ。

「でがした、でがした」

寿子が井戸水を張った硝子の器に泥鰌を放している間、多嘉子はいつもの座椅子に凭れて嬉しげに頬を弛《ゆる》めている。

雑巾で今度は丁寧に足をぬぐいながら、良彦は祖母の横顔を眺めた。

もし、広原村の家の仏間に飾ってあった遺影が本当にじじ様であったなら――。

祖母の多嘉子は、駆け落ちしたじじ様が死んだ後、残された母子を、かつて実母が隠居していた広原村に手引きしたということなのか。

戦争中、良一が「非国民」と後ろ指をさされ、井出のおんちゃんが酔っ払うたびに家の前で怒鳴り散らしたとき、寿子と良彦と美津子が家で震える中、多嘉子は鬼のような形相で猛然と表へ飛び出していった。

〝控えろ、下郎《げろう》っ！〟

その直後、おんちゃんの怒鳴り声を遥かに凌《しの》ぐ祖母の大音声が、辺りに響き渡ったものだ。

控えろ、下郎――。

一体、いつの時代の言葉だろう。

思い返す良彦の口元に苦笑がのぼる。

しかし時代錯誤と傲岸不遜はともかく、多嘉子は常に矢面《やおもて》に立つことを厭《いと》わなかった。

東京で教え子たちに反戦思想を述べた父が、特高に捕まることなく無事古川に戻れたのは、長年大日本婦人会の村の代表を務めていた祖母の功績があったからだと、兄から聞かされたことがある。

祖母は祖母なりのやり方で、父と自分たちを護ったのだ。

きっと、じじ様の駆け落ちの相手から助けを求められたときも、迷わず救いの手を差し伸べたのだろう。

現実は決してきれいごとばかりではない。

戦争は、一つも面白くない。仙台藩は日和見の腰抜けで、薩長軍はろくでなし。勝ったほうにも負けたほうにも正義はなく、犠牲になるのは力のない村人ばかり。

母のその言葉は、二年前の敗戦をも思わせる。

戊辰戦争の勇士だった曾祖父洪庵は結局は放蕩と好色に走ったし、反戦を唱えて罷免された父も、未だにその理不尽と戦えていない。

祖母とて、嫁である母を顎でこき使う鬼婆だ。

けれど、実母との誓いを守り、家を護り、飛んでくる矢を正面から受けとめ、弱い者に縋《すが》られれば、たとえそれが恋敵《こいがたき》であっても手を差し伸べずにいられなかった祖母のその精神だけは、真の〝姫君〟であったのだ。

硝子の器の中をぐるぐると泳ぐ泥鰌を、座椅子に凭れた多嘉子がうっとりと眺めている。

少し前、舌なめずりをする山姥のように見えていた横顔が、今では少しだけ違って見えた。

もっとも、祖母が泥鰌の姿になにを見ているのか、本当のところは良彦には分からない。

世の中は分からないことばっかりだ。

日本が戦争に負けたことも、教本に墨を塗らされたことも、父が家から出られないことも、故郷の土地が荒れ果てていくことも、兄のいる場所で暴動が起きることも。

この家の中にだって、秘密はいくらでもあって、祖母も父も母も知らない顔を持っている。

いつか自分も大人になれば、すべての謎が解けるのだろうか。

先を見通せない茫々漠々としたトンネルの闇が、良彦の前に広がる。

「兄《あん》ちゃん、『鐘の鳴る丘』始まるっちゃ」

居間から響く妹の声に、良彦はハッと我に返った。

「兄《あん》ちゃんってばぁ」

妹が焦れて呼んでいる。

「今、いぐ」

良彦はきれいにふき終えた足で、黒光りのする廊下を踏んだ。

第三話

良人《おっと》の薯蕷《とろろ》

昭和二十五年

寒いと思ったら、また牡丹《ぼたん》のような雪が降り始めている。

午後には雪はやんだと思っていたのに。

渡り廊下を歩きながら、寿子《ひさこ》はかじかんだ指に息を吹きかけた。

立春とは名ばかりで、灰色の厚い雲が重く垂れ込める日が続いている。もう一週間ばかり、太陽を見ていない。北国の長い冬はまだまだ続く。

硝子《ガラス》窓の向こうでちらちらと舞い踊る雪を見ながら、寿子は足を速めた。今日はこれから、大勢の人たちを迎えることになる。

掃除は普段から行き届いているので、慌てる必要はないが、問題は子供たちだ。今日明日は、二人の子供にもおおいに働いてもらわなければならない。

居間に入ると、良彦《よしひこ》と美津子《みつこ》がラジオの前でそろって膨れていた。

「あ、お母《が》さん、今日の『のど自慢』面白ぐね。全員『異国の丘』だっちゃ」

いがぐり頭の良彦が鼻から息を吐く。

ラジオからは、つらかろう、切なかろう、寒かろうと、シベリア抑留の悲哀を歌う濁声《だみごえ》が響いていた。一昨年、シベリア帰りの復員兵が『のど自慢素人演芸会』で初めてこの曲を歌ってから、随分と流行《はや》っている。

「もっといろんな歌っこ、聞きたいっちゃ」

美津子も不満気に顔をしかめた。

濁声の「異国の丘」は鐘一つで、次の挑戦者に順番が回った。ところが〝四番、何某《なにがし》、「異国の丘」〟という声とともに、先程とまったく同じ演奏が始まったので、寿子も思わず噴き出してしまった。

日本が戦争に負けてから五年が経とうとしている。

ここ古川《ふるかわ》では大きな空襲の被害はなかったが、敗戦後は強引に推し進められた農地改革の混乱や食糧不足で、毎日をやり過ごすだけで必死だった。日本中の人たちが、ようやく戦争のつらさを「歌」という形で思い出にできるようになってきたのではないかと寿子は感じる。

勿論《もちろん》、多くの人たちが被《こうむ》った甚大な被害を簡単に過去にすることはできないけれど、「歌」によって、わずかながら和らぐものもあるのだろう。

「ほら、もうラジオはいいがら、奥《おぐ》の部屋さいって、良治兄《りょうじあん》ちゃんの布団さ用意してけろ。ここにももうすぐ、年寄り会の人たちがくっから」

「良治兄《あん》ちゃん、いつくんの」

すかさず良彦が声をあげる。

「今夜には着くはずちゃ」

川崎《かわさき》で暮らす長男の良治には、昨晩至急電報《ウナデン》を打った。

恐らく嫁の照美《てるみ》も一緒にくるだろうと、寿子は胸の中で算段する。

「ほらほら、みっこもよっちゃんと一緒に、あっちさいってけろ」

「えー、この後『鐘の鳴る丘』聞きたいっちゃあ」

さっさと子供たちを追い払おうと手をたたけば、美津子がますます不満そうに身をよじった。

もうすぐ中学三年になる良彦は、三年目に入った『鐘の鳴る丘』にもさすがに飽きてきた様子だが、末っ子の美津子は、まだまだこの放送劇に夢中だ。

「兄《あん》ちゃんたちがきでからで、いいべさ」

良彦も囲炉裏《いろり》のある居間から動きたくないらしく、だらしなく足を崩す。

とうに成人している長男の良治はともかく、十歳違いの次男の良彦は早生まれのせいもあるのか、美津子とそろって、未だに子供っぽいところが抜けていない。さすがに昨日は神妙にしていたものの、一夜明ければ、随分けろりとしている。

〝こんの悪《おだ》ガキ《づもつこ》がぁっ！〟

ふと、どこかで大音声《だいおんじょう》が響いた気がした。

聞かん気の強い次男を一喝する人がもういないのだと考えると、胸の奥を喪失感が走る。

しかし、こうしてばかりもいられない。

置時計が既に午後四時をさしていることに気づき、寿子は我に返った。

「良治兄《あん》ちゃんと照美さんが、東京のお土産さ持ってきてくれるっちゃ」

一喝する代わりに、寿子は懐柔策に出た。現金なもので、途端に子供たちの表情がころりと変わる。

「みっこ、良治兄《あん》ちゃんたちの布団さ用意すっぞ。手伝え」

良彦に促《うなが》され、多少心残りの表情を浮かべつつ、美津子もラジオから離れた。

「年寄り会の人たちがきたら、後でそっちも手伝ってけらいん」

二人に声をかけながら、寿子はラジオのスイッチを切る。

それから手早く膳を並べ、囲炉裏の鉄瓶を新しい水で一杯にした。お茶の用意を整えてから仏間に向かう。

襖《ふすま》をあけると線香の匂いが漂った。

仏壇の前では、枕を北にして、姑《しゅうとめ》の多嘉子《たかこ》が横たわっている。その傍《かたわ》らには、昨夜湯灌《ゆかん》に使った大きなたらいがそのまま置いてある。

逆さにした着物をかけられた姑の蒼白い頬を、寿子はじっと見つめた。

額には三角の布が巻かれ、胸の上で組んだ指には数珠《じゅず》がかけられている。

枕元では、皿に盛った味噌、塩、水と、箸を立てたご飯を載せた膳の上で、灯明《とうみょう》がゆらゆらと揺れていた。傍らの線香が新しくなっている。夫の良一《りょういち》が、絶やさぬように取り替えてくれたのだろう。

昨日、姑の多嘉子が他界した。朝になって声をかけたときには、もう息をしていなかった。

享年八十五。

四年前に脳卒中を起こしてから半身に麻痺が残っていたが、それでも座椅子に凭《もた》れ、多嘉子は最後まであれやこれやと采配《さいはい》を振り続けた。一昨日の晩も、不自由ながらに自分で箸を取って食事をしていたのだから、立派な最期だったと言えるだろう。

〝こんのおだづもっこがぁっ!〟

再び胸に、大音声が響き渡る。

悪知恵の働く次男の良彦と多嘉子は犬猿の仲で、家の中でどれだけの大喝《だいかつ》が轟《とどろ》いたかは数えきれない。

〝まんず、気《き》の利がねえ嫁だ〟

良彦だけではない。

旧家であるこの家へ二十歳で嫁いできてから、寿子自身もまた、三十年近く散々に叱責を受けてきた。

んだども――。

〝控えろ、下郎《げろう》っ!〟

自分の前に両腕を広げて立ちはだかっていた姿を、今も忘れることができない。

あのとき姑は既に還暦に近かったはずだが、眦《まなじり》を決した横顔は、若々しく、美しかった。

生涯をかけて、この家をたった一人で護《まも》ってきた女性《ひと》だった。

お疲れさんでがした。

遺体に向かって両手を合わせた瞬間、厳しい姑からの解放感と同時に、抑えきれない心細さが寿子の心にひたひたと押し寄せた。

午後五時を過ぎると、年寄り会や婦人会の人たちが、大勢やってきた。一応、今でも良一が在籍していることになっている村役場からも、青年団の若い人たちが手伝いにきてくれた。

全員にお茶を用意しなければならず、寿子は大忙しだった。良彦と美津子も土間で年寄り会の老人の指示に従い、明日の野辺送《のべおく》りに使われる葬具を作っている。竹竿の先につける龍頭《たつがしら》や葬儀旗は、すべて役場から貸し出してもらった。良彦たちが作っているのは、花かごや紙銭だ。

「本日は、お寒い中、ありがでがんす」

葬儀の準備に当たってくれている一人一人に、寿子は頭を下げて回る。

中にはあまり見たくない顔もいるが、この日ばかりは仕方がない。葬式と火災は村八分ですら例外とされるのだから。

「この家の主人は、どしてんだ。挨拶にも出てこねのが」

隣家の井出《いで》のおんちゃんが、茶化すように声をかけてくる。

「へえ、それが……」

寿子は視線を伏せてしおらしく項垂《うなだ》れてみせた。

良一は、時折仏間の線香を替えてくれていたが、それ以外はずっと書斎に閉じこもっている。

「やめどげ」

年寄り会の年配者の中から、おんちゃんをたしなめる声が飛んだ。

その隙に、寿子はそそくさと台所に引っ込んだ。

「寿子さん、このたびはご愁傷様なことでがす」

ところが、台所でも婦人会の人たちにぐるりと取り囲まれた。

「寿子さんも大変でなすな。ご主人は明日、喪主を務められるんでがしょか」

婦人会の会長からねっとりとした視線を向けられ、寿子は気分が重くなる。

「へえ……。いざっちゅうときは、長男の良治もおりますし……」

煮物やうどん作りを手伝ってもらえるのはありがたいが、男連中よりも婦人会のほうがいっそ面倒なことを、寿子は身に沁《し》みて知っていた。

「良治さん、昨年、東京もんの嫁っこもらっだそうでなすな」

私《わだす》らへの挨拶もなしに——。

会長の顔には言外の不満がありありと浮いている。

「お式も東京であげだどか」

私《わだす》らも呼ばずに。

「良治さん、長男なのに、こっちさ戻ってこねんでがすか」

まんず、信じらんねえ話ちゃ。

「そりゃあ、寿子さんも大変でねべか」

あんだがしっかりしねがら……。

言外の声が矢のように飛んできて、寿子は一層居心地が悪くなる。

「あ、白ぶかしが……」

お釜が噴いているのに気づいたふりをし、慌てて土間へと駆け下りた。

この地方には、通夜に「白ぶかし」と呼ばれる、糯米《もちごめ》に白豇豆《ささげ》を混ぜてふかしたおこわを食べる習慣がある。おこわを食べて力をつけ、死者から呼ばれることを未然に防ぐという考えがあるのだと、以前、多嘉子から教わった。

〝まんず、もの知らねえ嫁だ〟

ただの地域の風習の違いなのに、忌々《いまいま》しげに罵《ののし》られた。

そのときのことが、寿子にはなぜか妙に懐かしく思い出される。

〝控えろ、下郎っ!〟

夫の良一や長男の良治の結婚のことをとやかく言われるたび、そう一喝することができたなら、どれだけ胸がすくだろう。

だけど、そんなことができるのは、やっぱり多嘉子一人だけだ。

名生城《みょうじょう》ゆかりの旧家の一人娘として生まれ、仙台の私塾で教育を受けた多嘉子は、女性としては背も高く、常に堂々としていた。早くに連れ添いを失った後も、女手一つで一人息子の良一を育て上げた。

父を知らない良一は、母の苦労を肌身に感じていたのだろう。昔から、学業熱心で優秀な子供だったそうだ。成長した良一は東京高等師範学校に進学した。

卒業後、古川に戻り、旧制中学校の英語教師となった良一は、結婚後、東京の学校に赴任することになった。一緒についていきたかったけれど、嫁は夫が留守中の家を護るものだと、多嘉子が許してくれなかった。

それでよかったのかどうか、未だに判然としない。

だが、あの頃から、多嘉子の決定は絶対だった。

自分のような田舎娘が旧家に入るのを認められただけでも感謝すべきなのだろうと、寿子は泣く泣く別れの覚悟を決めた。東京へ向かう直前、良一は油絵の自画像を寿子に残してくれた。結婚前から、良一は趣味で絵を描いていて、その腕前はなかなかのものだった。真っ直ぐにこちらを見つめる肖像は、実直な眼差しがなんとも良一らしい。

寿子はそれを針仕事をする小部屋に飾り、仕事の合間や寂しい夜に、そっと話しかけたりしていた。

良一が単身赴任した翌年、東京で大きな地震が起きた。まだ、ラジオもなかった頃で、朝鮮半島出身の人たちが地震を機に暴動を起こした等、恐ろしい噂ばかりが伝わり、寿子は生きた心地がしなかった。もっとも、これらの噂はすべて流言だったと、後に新聞で伝えられた。

幸い夫は無事で、年末にはいつも通り古川に帰郷した。けれどこのとき、夫が随分やつれていることに、寿子は心を痛めた。震災後の東京での一人暮らしに、色々と不便なことがあったのかもしれない。

やがて大正が終わり、昭和という新しい時代が始まるのと同時に、長男の良治が生まれた。良一は春休みや夏休みに帰郷して古川に長期滞在するたび、自分と良治のことを何枚もデッサンに描いてくれた。

針仕事をしている自分。揺りかごの中で眠る良治。洗濯物を干している自分。良治に乳をやっている自分……。

木炭で描かれただけの簡単なデッサンだが、このスケッチブックは、今でも寿子の宝物だ。夫の眼に、自分はこんなふうに映っているのかと、寿子は飽くことなく、絵の中の女と赤子の様子を眺めた。

思えば、あの頃が、夫の心が一番落ち着いていた時期だったかもしれない。

右翼青年たちに犬養毅《いぬかいつよし》が殺害された五・一五事件が起きた年、良一が仕事の都合で盆にも帰省しなかったことがあった。その頃から、帰郷するたびに良一の表情はどんどん暗くなっていった。

良一は、同郷の学者、吉野《よしの》作造《さくぞう》博士を敬愛し、吉野が著した「民本《みんぽん》主義」に関する本を、書斎の本棚にたくさん並べていた。寿子には難しいことはよく分からなかったが、「民主」と「平和」を希求する吉野の思想に傾倒する良一にとって、日本が軍国化の一途をたどる昭和初期の流れはどうにも相容《あいい》れなかったようだ。

後に良彦や美津子が生まれても、良一はもう、子供たちをデッサンに描こうとはしなかった。

そして大東亜戦争が始まって、夫が生徒に教えていた英語は敵性語になり、やがては夫自身が反戦思想を唱えて教師の資格をはく奪された。

やっと古川に戻ってきてくれた良一は、〝非国民〟と陰口をたたかれ、書斎に引きこもるようになっていた——。

夫の苦しみの根源は、恐らく震災後の東京での日々にある。

それを一緒に分かち合うことができなかったのが、寿子には歯がゆい。

もっとも自分が傍《そば》についていても、夫が傷つくのを避けられた訳ではないだろう。

世の中が戦争に向かっていったことは、どうにもできないことだった。

非力な自分が夫のためになにかできたとも思えない。

それでも、夫の傍に居たかったと寿子は思う。

そう。

自分は、夫と離れたくなかった。

その理由は、別段、良一のためばかりではない。

寿子は、口元にそっと笑みを浮かべた。

これまでもずっと、寿子は常に同情の的だった。

旧家の嫁として鬼の如き姑に仕え、肝心の夫は少し前までは〝非国民〟で、今は〝神経症〟ときている。

そうした同情には、面白半分の好奇心と、非難交じりの優越感が絶えず見え隠れしていることを、寿子は如実に悟ってもいた。

誰も、私《わだす》の本当《ほんど》の気持ちは分がんねくせにな――。

これから先、多嘉子という防波堤を失った自分は、幾度となく好奇と非難の波をかぶることになるのだろう。

竈《かまど》の火の加減を見ながら、寿子は小さく溜め息をつく。

そのとき、裏庭で人の気配がした。

すっかり暗くなった庭に出てみると、防風の杉並木の向こうに、大八車を引いてくる人の姿が見えた。

「喜勢子《きせこ》さん……！」

寿子は思わず駆け寄る。

この雪の中、喜勢子とその旦那が山から切り出した樒《しきみ》や自然薯《じねんじょ》を、五里も先の広原村《ひろはら》から運んできてくれたのだ。樒の香気が、暗い裏庭に漂う。

「寿子さん、このたびはご愁傷さまでがす」

喜勢子と旦那が深々と頭を下げた。

初めて本当のお悔やみを聞けた気がして、寿子の鼻の奥がじんと痛くなる。

「寒い中《なが》、よぐござったべねや。さあさ、あがってけらいん、あがってけらいん」

二人を台所に招き入れ、寿子は熱いお茶を淹《い》れた。

喜勢子夫妻は表向きは元小作人だが、寿子にとってはそれ以上に近しいものがある。

「多嘉子様に……」

喜勢子が差し出した榼を、寿子はしっかりと受け取った。

二人が暖を取っている間に、寿子は良彦と美津子を呼び寄せ、手早く白ぶかしを椀に盛る。

「泊まりの手伝いがきでくれましたんで、今日のところはこの辺で……。皆さん、本当《ほんど》にありがでさんでがした」

炊《た》き立ての白ぶかしを全員に振る舞い、寿子は最後までしおらしく、婦人会や年寄り会の面々を表へ送り出した。

良治がくるまで居座るつもりでいたらしい婦人会の会長はいささか不満げな表情をしていたが、喜勢子とその旦那がきびきびと働き出したのを見ると、仕方がなさそうに帰っていった。

「喜勢子さん」

皆がいなくなったのを見計らい、寿子は喜勢子をそっと仏間に誘う。

襖をあければ、白装束の良一が、多嘉子の枕元で新たな線香に火をつけているところだった。傍らの喜勢子が、ハッと身体を硬くする気配がした。

「よくきたね」

良一が喜勢子を見やり、ぽつりと呟《つぶや》くように言う。

東京に長く赴任していた良一は、言葉に訛《なま》りがない。小さいけれど、案外しっかりした声だった。

「座ってけらいん」

寿子は水に活けた樒を多嘉子の枕元に置き、喜勢子に囁《ささや》きかける。

喜勢子がうつむいたまま畳に膝をついた。細い肩が震え、涙をこらえているのが伝わってくる。

良一と喜勢子を仏間に残し、寿子は静かに襖を閉めた。


翌朝、寿子は早朝の五時に起きた。

白装束に着替え、鉦《かね》を持って庭に出る。風は強くないが、凍《しば》れるほどに空気が冷たい。まだ夜は明けておらず、周囲は暗い。真っ暗な闇の中から、ひらひらと雪だけが降ってくる。

寿子は白い息を吐きながら庭に立ち、撞木《しゆもく》でかんかんと鉦をたたいた。本日、この家で葬式があることを知らせる鉦の音が辺りに響く。

たたき終えてから、裏庭に回って土間に入った。土間では、喜勢子が竈の火を熾《おこ》してくれていた。今日はこれから多嘉子の野辺送りを行う。今のうちに、しっかりと食事を取っておかなければならない。

台所に入り、寿子は小さく眼を見張った。良一が板張りの床に座り、喜勢子が持ってきた自然薯をすり鉢ですっていた。

昨夜遅くに到着した良治と交代しながら、良一は多嘉子の通夜の線香を守っていたはずだ。

「お父《ど》さん、私《わだす》がやりますがら、少し休んでけらいん」

寿子の申し出に、良一は首を横に振る。

「薯蕷《とろろ》は得意だ」

良一が微《かす》かな笑みを浮かべた。

喜勢子が山から掘って持ってくる自然薯を、古川に戻ってから良一はよくこうしてすってくれた。

食事の準備をしている間、帰郷した夫が黙々とすりこぎを使っている気配を感じるのが、寿子は好きだった。からし醤油をほんの少しだけ垂らすのが、良一の流儀だ。この薯蕷を麦飯やうどんにかけると、良彦などは何杯でもおかわりをするのだった。

夫が随分と落ち着いた様子でいることに、寿子は密かに胸を撫でおろす。これなら今日は、人前に立つことができるだろう。

良一の神経症には波がある。寝床から起きることすらできないときもあれば、家を隅々まで掃除し、今日のように調理を手伝い、風呂まで焚《た》いてくれるときもある。

たとえ一時《いっとき》調子がよくても、それが快癒ではないことを、寿子はこの七年の間に学んできた。良一の神経症は季節と同じだ。春がきても、やがては冬に戻ってしまう。

ただし、永遠に冬のままという訳でもないこともまた、分かってはきていた。

とりあえず、今日の日をつつがなくやりおおせれば、それでいい。

そう自らに言い聞かせ、寿子は子供たちが寝ている部屋に向かった。

「ほらほら、起きでけろ」

鉦の音にも眼を覚まさない良彦と美津子をたたき起こす。ようやく眼を覚ました二人を洗面所に追い立てていると、背後で声がした。

「ちょっと、良《りょう》ちゃん、本気なの？」

振り向けば、廊下の隅で良治と嫁の照美がなにやら言い合っていた。

「本当に、これを着るの？」

東京育ちの照美が、良治から差し出された白装束に眼を丸くしている。そういえば昨夜、照美は鴨居《かもい》に黒いワンピースをかけていた。今日はそれを着て、葬儀に参列するつもりでいたらしい。

「黒い喪服なんてこっちじゃ駄目だ。親族は全員、白に決まってる」

「なに、これ。幽霊じゃあるまいし」

白装束に加えて三角布を手渡され、ますます驚いている。

「葬儀に三角布は当たり前だべ。ばば様をあの世へ送り届けるんだから」

「嘘でしょう」

良治が当然のように額に三角布を巻くのを見て、照美はいよいよ絶望的な顔になった。

なんの、なんの――。

照美の困惑ぶりに、寿子はこっそり苦笑する。このくらい、自分が嫁いできたときに受けた洗礼に比べたら、なんでもない。

〝秋田の変心!〟

夫の良一が東京に赴任した途端、村の男たちから破れ鐘《がね》声で怒鳴られた。あのときの恐ろしさ。一体なにを言われているのかさえ分からなかった。

無論、今は時代が違うだろうが、今日ばかりはこちらのしきたりに従ってもらうしかない。

堪忍してけらいん。

三角布に途方に暮れる照美に、寿子は心で呟く。

「おねえちゃん！」

顔を洗ってきた美津子が、照美にまとわりついた。

昨夜、『あんみつ姫』の載った少女雑誌を土産にもらってから、美津子はすっかり義姉に懐《なつ》いている。

「ほら、みっこ、照美さんはまだ支度があっから、早ぐ、あっちさいってな」

美津子を追いやりながらさりげなく促せば、照美は覚悟を決めたように白装束を手に部屋の奥へ戻っていった。

「じゃあ、みっこ、兄《あん》ちゃんといくべ」

照美の屈託にはまったく気づかない様子で、良治が美津子のおかっぱ頭をぽんぽんとたたく。

「よっちゃんも早ぐな」

洗面所からのそのそと出てきた良彦に声をかけ、寿子も廊下を急いだ。

居間に入ると、喜勢子とその旦那が、朝食の膳をすっかり用意してくれていた。良一がこしらえた薯蕷も膳に載っている。

白装束に着替えた照美と良彦もやってきて、親族全員で囲炉裏を囲んで食事をした。まだ早朝だというのに、良彦はやっぱり薯蕷飯を何杯もおかわりした。

やがて村役場の人たちと寺の住職がやってきて、仏間で出で立ちの経が始まる。

良一が喪主として、親族の真ん中に座った。

「おっがねえ……」

読経が終わり、良治や役場の人たちが多嘉子を棺《ひつぎ》に入れる段になると、美津子が怯《おび》えて寿子の肘《ひじ》をつかんできた。甕形《かめがた》の棺に納めるため、死後硬直の進んだ多嘉子の身体をぐいぐいと折り曲げる様子は、寿子の眼にも痛々しく映った。

胎児のように身体を曲げられ、棺に納まった多嘉子は、生前とは比べ物にならないくらい小さく見える。とても、長年この家に君臨してきた姑の姿とは思えなかった。人というのは生命を失うと、こんなにも変わり果ててしまうものなのか。寿子は、その儚《はかな》さを思わずにはいられなかった。

肘に縋《すが》りついた美津子は、ずっと「おっがねえ、おっがねえ」と呟き続けている。傍らの良彦も、額に三角布を巻いて神妙にしていた。

棺を担ぐ肩持ちは、孫が行うのがこの地方の決まりだ。

内孫の良治と良彦は、棺に入った多嘉子と最後まで向き合う形になるように、後ろの棒を担ぐ。多嘉子には外孫がいないため、前方の棒は村の青年団が担ぐことになった。

喪主の良一は位牌《いはい》を、寿子は箸を立てたご飯を、美津子は椀に入れた水を、照美は樒をそれぞれ手にする。庭に出ると、龍頭のついた葬儀旗や鉦を持った役場の人たちが、既に準備を終えて待っていた。年寄り会や婦人会の面々も集まっている。

表はすっかり夜が明けていたが、空は相変わらず鉛色の厚い雲に覆われ、細かな雪がちらちらと降っていた。これから行列を組んで檀家寺に向かい、寺の本堂で葬儀と焼香を終えてから、埋葬のために墓へと進む。

長い野辺送りの始まりだ。

先頭の人が鉦を鳴らし、隊列が動き出す。龍頭が前を向き、葬儀旗が強くなってきた北風にはためいた。

傘持ちに傘を掲げられ、住職が再び経を読みながら歩き始める。

住職のすぐ後ろを位牌を持った良一が続き、棺の担ぎ手たちがついていく。三角布を額に巻いた良治と良彦は、多嘉子の納まった棺をじっと見つめて、後方の棒を担いでいた。

棺の上には、天蓋《てんがい》と呼ばれる笠がさしかけられている。本堂での葬儀を終える前に、魂が迷い出すのを防ぐためのものだ。

寿子と美津子と照美は、天蓋持ちの後に続いた。自分たちの後ろには、年寄り会が、そのまた後ろに婦人会をはじめとする村の人たちが長い列をなしている。ちらりと振り返ると、庭先で、喜勢子と旦那が深く頭を下げていた。

二人には、しばし留守を預かってもらうことになる。

古川は、広大な大崎《おおさき》平野の中心だ。雪で覆われた真っ白な田んぼが、どこまでも続いている。時折、黒い防風林と藁《わら》葺《ぶ》きの民家が現れるだけで、ほかに視界を遮《さえぎ》るものはなにもない。

白と黒だけの、墨絵《すみえ》のような眺めだった。

しんしんと雪が降り積もる中、鉦の音と、念仏が響き渡る。

風が吹くたびに、足元の雪が舞い上がったが、不思議と寒さはそれほど感じなかった。

灰色の空から絶え間なく落ちてくる細雪《ささめゆき》。ふっくらと布団をかけたように雪の積もった田んぼ。

仏語の書かれた旗がはためき、竿の先の龍頭はずらりと前を向く。

棺の上で、天蓋はゆらゆらと揺れる。

静かな単色の世界を、白装束の行列が粛々と進んでいく。

前を見ても、後ろを見ても、まるで夢幻《むげん》のような情景だった。

ふと気づくと、水の入った椀を持った美津子が、すすり泣いている。ようやく怯えから解放され、身内を失った悲しみが湧いたようだ。多嘉子はあくまで厳格だったが、末孫の美津子にだけは、時折甘い顔をしてみせることがあった。

良彦と美津子が生前の多嘉子にあまり懐かなかったのは、恐らく自分のせいだろうと寿子は思う。孫の前でも、多嘉子は容赦なく嫁の寿子をこき使った。

その様子を普段から見ている良彦と美津子は、多嘉子に強い反発心を覚えていたようだ。それを露骨に表す良彦と多嘉子はたびたび衝突を起こしていたが、大人しい美津子は差し伸べられた手に黙って背を向けるようなところがあった。

十一になったばかりの美津子は、そうした己の行いを悔いているのかもしれなかった。

大事ないちゃ……。

寿子は、そっと美津子の肩に手をかける。

ばば様は、賢くて、強いおなごちゃ。

遺体は小さくなってしまったけれど、魂だけは変わらないはずだ。

多嘉子は誰に対しても手厳しかったが、決して冷たい女性ではなかった。戦後の農地改革の混乱で米が足りなくなったときも、育ち盛りの良彦や美津子を飢えさせないために、多嘉子は広原村まで米を調達しにいくよう寿子に命じた。

手伝いをさせられた良彦は不満そうだったものの、実のところ多嘉子が一番気にかけていたのは、食欲旺盛だった当の良彦のことだ。

この世には、実の子供相手にさえ依怙《えこ》贔屓《ひいき》をする親がいることを寿子は知っている。

秋田の貧農の四女として生まれた寿子は、いつも家では余り者扱いだった。姉たちや、二つ違いの弟の膳についている卵や魚が、自分の膳にはないことも儘《まま》あった。そんな仕打ちをした母も、それを見て見ぬふりをしていた父も既にいないが、二人が存命だったときも、多嘉子に禁じられるまでもなく、寿子は郷里に帰りたいとは思わなかった。

良彦の悪戯《いたずら》に、どれだけ癇癪《かんしゃく》を起こそうと、多嘉子が良彦と美津子の膳に違いをつけるように命じたことは一度もない。きっと、本心では良彦も美津子も同じだけ愛していたのだろうと、寿子は思う。

横柄《おうへい》で傲岸《ごうがん》な態度の裏に、多嘉子は熱い義俠心《ぎきょうしん》を持ち合わせていた。

寿子の胸に、自分の前に両腕を広げて立ちはだかった多嘉子の姿が、昨日のことのように鮮やかに浮かぶ。

あれはまだ、若かりし頃。

秋田の旅館で女中奉公していた寿子は、写生旅行にきていた良一と知り合った。良一が忘れた画材を届けたことが、交際のきっかけだった。十歳年上の良一の物静かで穏やかな面に、寿子はすっかり心を奪われた。

旧制中学校の先生というところも、小学校しか出ていない寿子には憧れだった。

しかし、良一に連れられて出向いたのは、立派な瓦屋根《かわら》の大きな旧家だった。しかも、大勢の小作人に傅《かしず》かれている姑となる人は、美しいけれど、それ以上に気位の高そうな女性だった。

良一とは似ても似つかない厳しい眼差しで値踏みされ、寿子は生きた心地がしなかった。

こんな大きな家への嫁入りなど、身分も持参金もない自分ができる訳がない。寿子はすっかり尻込みしたが、意外にも、あっさりと結婚が認められた。

不思議に思う寿子に、「母はああ見えて、進歩的な女性なのだ」と、良一は笑っていた。後に、多嘉子が村の婦人会の代表を務めていることを知った寿子は、教養も、素養も、地位もある義母にとっては、息子の嫁など端《はな》から労働力の一端でしかないのだろうと考えた。

ならば、一所懸命働けばいい。

貧乏暮らしで労働には慣れているし、どこにも味方がいなかった子供時代と違って、今の自分には夫がいる。

ところが、結婚して一年も経たないうちに、良一の東京赴任が決まった。

〝秋田の変心!〟

当時はごろつきのようだった隣家の井出のおんちゃんがいきなり罵声《ばせい》を浴びせてきたのは、夫が単身赴任してすぐのときだ。

初めはなにを言われているのか分からなかった。だがそれから、顔を合わせるたびに、毎回同じ言葉で罵られる。怯える寿子のことが面白かったのか、徐々に罵声を浴びせる男たちの数が増えていった。

ある日、庭先で数人の男たちから怒鳴りつけられ、足が震えて動けなくなった。

調子づいた男たちの声が、どんどん大きくなっていく。

そのとき、家の中から弾丸の如く駆けてくるものがいた。

〝控えろ、下郎っ！〟

耳をつんざくような大音声が響き渡った。

自分の前に立ちはだかり、男たちを一喝したのは、きっと眦《まなじり》を吊り上げた姑の多嘉子だった。

年寄り会の長老さえ一目置く、村の婦人会の代表でもある多嘉子を前に、男たちは、舌打ちをして去っていった。

この後、寿子は多嘉子から、〝秋田の変心〟の意味を聞かされた。

戊辰《ぼしん》戦争の時代、奥羽越列藩同盟《おううえつれっぱんどうめい》を組んでいたにもかかわらず、秋田藩は薩長軍に寝返ろうとし、それに抗議をした仙台藩の藩士を、無残に斬り殺したという。

その恨《うら》みを、この地方の一部の男たちは未だに忘れていないのだそうだ。

秋田は秋田でも、山奥の農村で生まれた寿子は、江戸末期の戦争の話など、ほとんど知らなかった。

〝まんず、もの知らねえ嫁だ〟

多嘉子は忌々しげに眉を寄せながら、それでも分かりやすく、戊辰戦争のあらましを教えてくれた。聞けば聞くほど、寝返りと裏切りに満ち満ちた戦争だった。何度も関係修復や和睦の機会はあったのに、そのたびに、重臣の狭量と藩の面子《メンツ》で潰される。官軍を名乗る薩長軍の横暴と、疑心暗鬼と離反を繰り返す奥羽越列藩同盟の迷走に、聞いているだけで辟易《へきえき》した。

だが、話の途中で一つの疑問が湧いた。

なぜ戊辰戦争で仙台藩のために戦った武士である父を持つ義母が、秋田出身の自分を嫁に迎え入れてくれたのか。

〝つまんねえ心配《しんぺえ》だ〟

寿子の疑問を、多嘉子は鼻で笑い飛ばした。

〝元々ここは、大崎公方《くぼう》様が治めた土地だべ。仙台藩なんぞ、日和見《ひよりみ》主義の小倅《こせがれ》の藩にすぎね。仙台藩に肩入れすんのは、大崎合戦のことを知らねえ童《わっぱ》ばかりだべ〟

日和見主義の小倅というのは、仙台藩の藩祖、伊達《だて》政宗《まさむね》公のことらしかった。

〝第一、お前《め》みでえな小娘が、仙台藩士の斬殺と一体なんの関係があるちゃ〟

もともと一枚岩になれなかった奥羽越列藩同盟が戦争を始めたのは愚の骨頂。それに勇んで乗り込んだ自分の父親もまた愚か者だったのだと、多嘉子は冷静に判じてみせた。

まったく似ていないように見えながら、大本営の聖戦の喧伝《けんでん》中に、日本の敗戦を予見した良一は、やはり多嘉子の息子だったのだと、寿子は後々得心した。

多嘉子は確かに傲岸だったが、同時に聡明で率直だった。

〝それに……、良一がお前《め》を選んだんだがら、仕方《しがた》ねえべ〟

少し不貞腐《ふてくさ》れた表情で、多嘉子は最後にぼそりとそう呟いた。

選んだのだから、仕方がない――。

そう思わざるを得ないことを、多嘉子は他にも胸に秘めていた。

散々に叱責され、こき使われながらも、本気で憎むことがなかったのは、多嘉子が普段は誰にも見せない秘密を、自分には打ち明けてくれたせいもあるのかもしれない。

恐ろしかったけれど、やっぱり尊敬していたし、ほんの少しだけ、同情もしていた。

ばば様――。

寿子の内心の呼びかけに応《こた》えるように葬儀旗がはためき、粉雪が舞い上がる。

延々と続く真っ白な田んぼの向こうに、小さく檀家寺が見えてきた。


良一の喪主挨拶は、生前の多嘉子への厚情と、葬儀への参列に対する謝意を述べるにとどまる短いものだったが、却《かえ》って簡潔で要領を得たものに思われた。

一番心配していた行事がうまくいき、寿子は密かに安堵《あんど》の息をつく。喪主席に戻った良一は蒼褪《あおざ》めていたものの、しっかりと前を見ていた。

参列客の焼香が始まると、寿子はそっと親族席を離れた。野辺送りの後、参列客にふるまう食事の準備をするために、一旦、家に戻らなければならない。

野辺送りで通ってきた道とは違う近道を使い、寿子はとにかく先を急いだ。

この近道は、冬の間しか通れない。なにもかもを雪が覆いつくす今だけは、かんじきを履けば田畑の上をどこまでも歩いていけるようになるのだ。

雪に覆われた田んぼの上を踏みながら、寿子は真っ直ぐに顔を上げて挨拶をする良一の姿を思い返した。鼻筋の通った横顔は、多嘉子の婿《むこ》、園生《そのお》を思わせた。

寿子は舅《しゅうと》の園生に会ったことがない。知っているのは、多嘉子との結婚式の写真でだけだ。旧家に婿入りした園生は、良一が生まれる以前に、出奔《しゅっぽん》してしまっていた。

園生の失踪は、家と同時に多嘉子が護り続けてきたもう一つの秘密でもあった。

白と黒の濃淡で表された水墨画のような集落を、かんじきできしきしと渡る。

お稲荷《いなり》さんの小さな祠《ほこら》に通りかかり、寿子は軽く手を合わせた。祠を護る白狐の上に積もった雪をはらい、裏庭に入る。

裏庭から土間に回ると、喜勢子が竈に大鍋をかけていた。

「喜勢子さん」

声をかければ、鍋の湯気で汗ばんだ顔を上げる。

「寿子さん、お式はどうでがしたか」

「大事ながったでがす」

喜勢子の表情にもほっとした色が浮かぶ。やはり、良一のことを案じていたようだった。

「喜勢子さんと旦那さんも、後で焼香してけらいん」

「いや、私《わだす》らなんぞが……。こうしでお手伝いできるだけでも、ありがでえごどでがす」

下を向く喜勢子に、寿子は首を横に振る。

「ばば様も主人も喜ぶはずでがす」

強く促すと、喜勢子はようやく小さく頷《うなず》いた。

竈を喜勢子に任せて台所に上がり、寿子は喜勢子の旦那に指示を出して檀家寺に届ける米の用意を始めた。野辺送りを終えた後、寺に米を送る「寺送り」と呼ばれる儀式だ。

これによく似たことを、寿子の出身の秋田でもやっていた。秋田では米は寺に送らず、野辺送りとは別に墓地に持っていく。その役を負う人は、一日、誰とも口をきいてはいけないことになっている。

地方によってやり方は異なるが、日本人にとって、米が死者の葬送に不可欠な特別な食べ物であることに変わりはない。

喜勢子の旦那に寺送りを頼んだ後、土蔵に入って振る舞い酒を選んでいると、庭にどやどやと人が入ってくる気配がした。焼香を終えた婦人会の人たちが、調理の助っ人にきてくれたらしい。土蔵から顔を出し、婦人会の一団の中に、嫁の照美が交じっていることに、寿子は微かに眉を寄せる。

照美には、あのまま親族席にいてもらってよかったのだが。ひょっとして、良治がいらぬ気でもまわしたのだろうか。

「皆様、ご苦労さんでがす」

寿子は土蔵を出て、婦人会の会長に頭を下げる。

「とんでもねえ、とんでもねえ。多嘉子さんは、婦人会の大先輩だがら」

会長は大げさに首を振り、おもむろに寿子に近づくと、「良一さんの挨拶、まどもだったでねが」と耳元で囁いた。

その瞬間、照美を連れてきたのは、仕切り屋の会長ではないかと感じ取る。どの道余計なお世話だったが、「へえ」とただ頷いた。

不安そうな様子の照美と婦人会の人たちの背中を見送り、寿子は再び土蔵に入る。大勢の食事を用意するには婦人会の手を借りない訳にはいかないが、それもまた気の重いことだった。

自分でさえ、嫁いできた当初は随分と戸惑ったのだ。三角布に絶望的な顔をした東京育ちの照美が、うるさ型の婦人会のお眼鏡にかなうとは思えない。

無論、今は時代が違う。

三年前に施行された日本国憲法によって、女は突然〝人権〟を与えられた。

もう女は、選挙にもいけるし、自由に仕事を選ぶことだってできる。たとえ嫁であっても、夫や舅や姑に従う必要はない。ずっと多嘉子に従ってきた寿子からしてみれば、なんだか夢のような話だ。

良治と照美は新しい時代の夫婦なのだ。住む場所も仕事も自分たちで決める。良一は勿論、多嘉子とて、それに異議を唱えようとはしなかった。

これから、女が生きる時代はどんどん変わっていくのだろう。

とは言え、女たちが手に入れたはずの〝人権〟の重さは、都会と地方ではまだまだ差がある気もする。事実、寿子自身、突如与えられた〝自由〟や〝人権〟の使い道がよく分からないのだった。

会長が、照美さんに無理させねえといいけんど――。

寿子は肩で息をつき、選んだ一升瓶を手に、再び土間へ回った。

「お燗《かん》の用意でなすな」

寿子を見るなり、喜勢子がもう一つ大鍋を用意する。しばらく二人して土間で作業をしたが、味噌汁がすっかり煮えていることに気づき、こちらの鍋は居間の囲炉裏に移すことにした。

寿子は味噌汁の大鍋を持って、土間から台所に上がった。

「ちょっと寿子さん」

その途端、台所にいた婦人会の会長から肩を突《つつ》かれる。

「へえ」

答えつつも寿子は居間へ歩みを進めた。ところが会長はぴったりと後をついてくる。

「東京からきた嫁っこ、ありゃ、良《い》ぐね。ぼーっと突っ立ってるだけで、なんもでぎねえべや」

「へえ」

「嫁っこを仕込むのも、姑の仕事だべ」

「へえ」

寿子が大鍋を自在鉤《じざいかぎ》にかけている間も、会長はねちねちと小言を言い続けた。

「もう多嘉子さんがいねんだから、これからは、寿子さん、あんだがもっどしっかりしねと」

「へえ、申す訳《わけ》ねえごとでがす」

「良治さんにもちゃんと言わねえと、寿子さん、後々あんだが恥かくことになんだべ」

最後の一言には、さすがに不愉快になる。

あんだのため。藩のため。国のため――。

他人から強要されるおためごかしは、もうこりごりだ。

寿子は立ち上がると、踵《きびす》を返して真っ直ぐに台所に入った。朝に用意しておいた丸餅を器に盛りつけ、ぼんやりと立ち尽くしている照美に近づいて、わざと周囲に聞こえる大声で告げる。

「照美さん、悪いけんど、この餅を寺に届けてけらいん。寺送りだべ」

「寺送り……？」

一瞬、照美がきょとんとした。

寺送りは、既に喜勢子の旦那に頼んでいたが、照美をここに残しておいても本人がつらいだけだろう。つきたての餅も寺送りに使われる大事な供え物の一つなので、別段おかしなことでもない。

「ここはいいから、はよ、戻ってけらいん」

耳打ちすると、照美はハッと寿子を見つめた後、すぐに小さく頷いた。器を受け取り、そそくさと土間へ下りていく。

解放されたように去っていく後ろ姿を、寿子は喜勢子と並んで見送った。

かつて多嘉子が自分の前に立ちはだかってくれたように、寿子は寿子なりのやり方で照美をかばうことにしたのだ。

「寿子さん、あんだ、随分、甘いんでねのが」

すべてをお見通しとばかりに、婦人会の会長が背後から声をかけてくる。

「へえ……」

寿子が頭を下げるのを遮るように、喜勢子が「奥様」と前へ進み出た。

「後は、私《わだす》でなんどかなりますので、奥様と婦人会の皆様も、そろそろ野辺送りに戻ってけらいん」

喜勢子の申し出に、会長が心外な顔をする。

「煮づけだけは、終わらせるちゃ」

腕に覚えのある会長は、中途半端に料理を投げだすのは嫌なようだった。会長を始めとする婦人会の面々が調理に専念し始めたので、寿子はほっと胸を撫で下ろした。

皆、悪い人でないのは分かっている。ただ、ときどき本当に疲れてしまう。

「喜勢子さん、ちょっと」

寿子は婦人会の人たちが煮つけの仕上げをしているのを後眼《しりめ》に、喜勢子を誘って仏間に向かった。

板張りの廊下は、黒光りがするほど磨き上げられている。良一が毎朝のように雑巾がけをしているのだと話したら、喜勢子はどんなに驚くだろう。

襖をあけると、昨夜一晩中焚いていた線香の匂いが濃厚に漂っている。

「昨夜は、夫とは少しは話せたでがすか」

しっかりと襖を閉めてから、寿子は小声で尋ねた。

「おかげさんで……」

喜勢子が深々と頭を下げる。

「座ってけらいん」

喜勢子に座布団を勧め、寿子も傍らに腰を下ろした。喜勢子がなにかをじっと見つめている。視線をやれば、箪笥《たんす》の横に飾られた額装の写真が眼に入った。

多嘉子と園生の結婚式の写真だ。

白無垢《しろむく》に身を包んだ美しい女と、羽織袴姿の背の高いこれまた美しい男が並んでいる。

この写真から一年も経たぬうちに、園生は大金を持ち出して姿をくらませた。

元々金目当ての婿入りだった。多嘉子の高慢に耐え切れなくなった——。

親戚たちは陰でこそこそと噂したが、それはどちらも真実ではない。

「お父《どう》は、いづも多嘉子様をほめでたでがんす。後《あど》にも先《さぎ》にも、あんな立派なおなごには会っだことがねえと。本当《ほんど》に真の姫君でがしたと」

喜勢子の視線が、多嘉子と並ぶ園生の姿にじっと注がれる。

立派なおなご。真の姫君。

本気で信じていたからこそ、園生は多嘉子にこんな仕打ちができたのだろう。

じじ様は酷《ひど》い。

どれだけ立派な姫君であっても、ばば様はやっぱり一人のおなごであったのに——。

〝そんなに好きな人がいるなら、いっそ、この金をもって駆け落ちしろ〟

煮え切らない男の心を試した台詞《せりふ》を真に受けられ、多嘉子は婿に逃げられた。

〝まんず、きまりの悪い話《おしょすい》ちゃあ……〟

晩酌で少し酔いのまわった多嘉子から初めてこの話を聞かされたとき、申し訳ないけれど、寿子は笑いをこらえるので必死だった。

園生に置いてきぼりにされて、ぽかんと口をあけている若き日の多嘉子の様子を思い浮かべると、可愛いやら、可笑《おか》しいやら、可哀そうやらで、どうしても笑いが込み上げてくる。一人になった寿子は、笑って笑って笑って、それから切なくなって少しだけ泣いた。

もっとも、一世一代の大芝居に失敗しても、多嘉子は挫《くじ》けたりしなかった。

園生が他の女を選んだのだから仕方がない。

そう割り切り、園生の子を身ごもっていることに気づくと一層気を強く持ち、仙台の私塾で学んだ会計の才覚を発揮し、先祖代々の土地を切り回して家の再建に努めた。

確かに、多嘉子は並みの女ではなかった。

んだども……。じじ様は、ちょっくらばば様に甘えすぎちゃ。

寿子は、喜勢子と並んで舅の写真を見やる。

眉目秀麗《びもくしゅうれい》で白皙《はくせき》の美青年だった園生は、かつての恋人と共に、福島の相馬《そうま》に駆け落ちした。多嘉子からもらった金は実家に送り、自分は恋人と新たに夫婦になり、相馬の山奥でそれまでの書生生活とはまるで異なる炭焼き農夫になったという。やがて二人の間には、女の子も生まれた。

「けんど……」

若き日の園生を見つめたまま、喜勢子がぽつりと呟くように言う。

「お父《どう》は、良一さんのごと知らねえまま、あの世にいったんだと思う」

慣れない農作業がたたったのか、園生は四十になる前に流行《はや》り病に倒れた。今わの際《きわ》に、園生は苦しい息の下で妻子に何度も告げた。自分が死んだ後は、古川の多嘉子を頼れと。

多嘉子なら、必ずやお前たちを護ってくれると――。

「今思えば、とんでもねえ話でがす。多嘉子様がなして私《わだす》らを受け入れて下さったんか、いぐら考えでも、私《わだす》には分がんねんでがす」

多嘉子の写真の前で、喜勢子は細い首を垂れた。

園生の死後、母子は土地も住む家も地主に取り上げられてしまったという。

当時喜勢子は十歳。今の美津子とほとんど変わらない。

もし、自分が喜勢子の母の立場なら、やっぱり亡き夫の言葉に縋《すが》っただろうと寿子は思う。当時の平凡な女には、〝人権〟など望むすべもなかったのだから。

突如訪ねてきた母子を、多嘉子はかつて実母が隠居していた広原村の苫屋《とまや》に手引きした。以来、所帯を持ち、母を亡くしてからもずっと、喜勢子は小作人としてこの家に仕えてきた。

農地改革で小作人制度は廃止されたが、それでも喜勢子は食糧不足の際も、多嘉子の命に従い米や食糧を調達してくれた。

喜勢子はかつて失踪したじじ様の落とし子で、良一の異母妹だ。

歳は喜勢子のほうが少し上だが、要するに寿子にとっては義妹でもある。

喜勢子の母が広原村で亡くなったとき、多嘉子は良一と自分だけにその事実を打ち明けた。

「多嘉子様にも良一さんにも、本当《ほんど》に申す訳《わげ》ねえごとでがす」

喜勢子は思いつめた様子で顔を上げた。

「寿子さん、良一さんが神経症になっだんは、私《わだす》らのせいではねでがしょか」

反射的に、寿子は首を横に振る。

「それは、考えすぎちゃ」

「んだども、ちょっくらそのせいもあるんではねでがしょか。私《わだす》は良一さんから、お父《どう》を取り上げてしまっだんでがす。私《わだす》は多嘉子様にも良一さんにも寿子さんにも、お子さんだちにも申す訳《わげ》ができねえでがす」

膝の上で固く握りしめた喜勢子の拳の上に、寿子はそっと手を置いた。

「夫がなして神経症になっだんか、本当《ほんど》のところは、私《わだす》にもよぐ分がんねんでがす。だども……」

寿子は喜勢子の眼をじっと見つめる。

「喜勢子さんたちが訪ねできでくれで、ばば様は、嬉しかったんでねでがしょか」

「え……」

喜勢子が意外そうに眼を見張った。

そうだ。

きっと、そうだったに違いない。喜勢子に話しながら、寿子はだんだんと確信を深める。

結婚式の写真を自分の箪笥の横に飾り続けるほど、多嘉子は園生に惚れていたのだろう。その園生が、今わの際まで元の妻である多嘉子のことを覚えていてくれたのだ。

たとえ短い間だったとしても、夫婦になった男女には、二人にしか分からない情がある。

「それに以前、喜勢子さん、天体望遠鏡を持ってぎてくれだごとがあっだでがしょ」

いつかの正月に、喜勢子は園生の形見の天体望遠鏡を良一に贈ったことがあった。そのとき、寿子は胸の奥が熱くなった。

良一のもう一つの趣味が、天体観測であったからだ。

息子の存在を知らずに他界したのだとしても、やはり園生と良一は父子だったのだと、感慨を覚えずにはいられなかった。

多嘉子が体調を崩すと、泥鰌《どじょう》をとってきて、手ずから料理をしてくれたという園生。

次男の良彦も、教えた訳でもないのに、どこからともなくたくさんの泥鰌をとってくるようになった。泥だらけで家に上がろうとする良彦を、多嘉子は鬼の形相《ぎょうそう》で怒鳴りつけたが、その実、成長していく孫の中に、かつての夫の幻を見たのではないだろうか。

結局園生がこの家に帰ることはなかったけれど、不思議な縁《えにし》は確かにそこかしこに顕《けん》現《げん》していたのだった。

「ばば様は、最後までご立派でがした。ご苦労も多かったけんど、まんず幸せな人生だっだど思うでがす」

あの世では、魂は自在にいくつにも分かれると聞いたことがある。故人が同時期にあちこちの夢枕に立つことがあるのはそのせいなのだと。もしこの逸《いつ》聞《ぶん》が真実なら、園生の魂の一部が多嘉子を迎えにくることも、きっとあるに違いない。

「自然薯割って山ん中さ残しでおぐと、次の年に二づさ増えんのと同じでがしょか」

喜勢子が大真面目な顔でそんなことを言い出すので、寿子は思わず噴き出してしまう。

寿子が笑うと、いつしか喜勢子も笑い始めた。

二人で肩を並べて笑っていると、「寿子さん、お先に」と襖の向こうから声がした。婦人会が調理を終えたらしい。

「ありがでがした」

寿子は襖をあけて大声を返し、自らも檀家寺に戻る準備を始めた。

再びかんじきを履き、雪が降り積もった田んぼの上をきしきしと歩く。

まだ雪は降り続いているが、寒さはそれほど感じない。

〝良一さんが神経症になっだんは、私《わだす》らのせいではねでがしょか〟

白い息を吐きながら、寿子は先刻の喜勢子の思いつめた様子を思い返した。

〝良一さんの挨拶、までもだったでねが〟

同時に、婦人会の会長の一言が耳朶《じだ》の奥に響いた。

そこに込められた感情に大きな差異はあっても、誰もが良一の神経症を気にかけている。

勿論、寿子自身も夫の病状に心していない訳ではない。

けれど、あの戦争中、多くの人たちが熱に浮かされたようになっていた時期に、日本の敗戦を見据えていた夫の正しさについては、誰も口にしようとしない。

あの時代、多くの人たちが、「国のために命を捧げろ」と若い人たちを焚きつけた。

しかし、夫は敗北の見えている戦争に、自分の教え子を駆り立てることはできないと苦しんでいたのだろう。

その結果、「未来のある諸君は、断じて戦争にいくべきではない」と教壇で口にした。

当時の様子を想像すると、寿子の胸には、夫が自分のために残していった肖像画の実直な眼差しが浮かぶ。

夫は変わらなかったのだ。

戦前も戦中も、真面目で正直で優しい人だった。

戦中は夫を〝非国民〟と罵っていた井出のおんちゃんは、今では王城寺原《おうじょうじはら》飛行場にやってくる進駐軍を相手に商売を始めている。村の中だけではない。政治家の偉い人たちだって、新聞だって、雑誌だって、ラジオだって、戦中と戦後では、まったく反対のことを言っている。

時代に合わせてカメレオンのように色を変えてみせる人たちが幅をきかせる世の中で、

それができない人が心を病んでしまうのは、本人の咎《とが》だろうか。

寿子には、決してそんなふうに思えない。

んだから——。

密やかに寿子は心の中で呟《つぶや》く。

お父《ど》さんは、今のままでいいちゃ。

きっと、自分の胸の内は、他の人には分からない。

だけど、それで構わない。

〝非国民〟だろうと、〝神経症〟だろうと、寿子にとって、良一は出会ったときと変わらない、物静かで穏やかな優しい人だ。

たとえ教師を罷免《ひめん》されても、書斎から出てこられなくても、東京に赴任していた夫が帰ってきてくれたことが嬉しかった。

こんなことを考えているのがばれたら、多嘉子に叱られるかもしれないが、その姑ももういないのだから時効だろう。

夫が傍にいてくれて嬉しい。

良一は、いつも静かに寿子の話に耳を傾けてくれる。

それに、表で働くことこそできなかったが、良一は決して怠惰《たいだ》ではなかった。

体調がいいときは、庭掃除から床磨き、風呂焚きから厠《かわや》の清掃までしてくれる。畑の一角に花壇を作り、丹精していい匂いのする薔薇《ばら》を咲かせ、寿子を楽しませてくれる。

寿子が飯を炊く傍で、黙々と自然薯をする良一の姿が脳裏に浮かぶ。

竈の上の釜がしゅんしゅんとたてる湯気と、すり鉢の中をごりごりと回るすりこぎの音を聞きながら、寿子の心は静かに満たされた。

こんなに勤勉で優しい夫が、この集落にいるだろうか。

家事など男の仕事ではないと、多嘉子はあまりいい顔をしなかったが、夜な夜な酔っ払って、女房や子供に手を上げる夫だってたくさんいる。

〝男の仕事〟などできなくても、寿子には充分だった。

気性の強い多嘉子にとっては、良一は不甲斐ない息子だったかも分からない。だが、その息子を護ることが、多嘉子の晩年の支えになっていたのもまた事実だろう。

誰になにを言われようと、良くも悪くも、これが自分たち家族の在《あ》りようなのだ。

今後もお前のためだ、皆のためだと、おためごかしに口出しをしてくる向きは絶えないだろうが、良一の美点は、自分だけが知っていればいい。

多嘉子が備えてくれた蓄えはなくなってしまうかもしれないけれど、いざとなれば良治もいるし、貧乏暮らしは慣れている。

いずれ良彦も美津子も独立し、自分たちの人生をつかみ取っていくことになるだろう。子供たちには、自分がうまく扱えなかった〝自由〟や〝人権〟を思う存分堪能しながら生きてほしい。

でも、私《わだす》は。

この先、夫婦二人きりになったとき、傍らで夫が薯蕷をこしらえてくれるなら、それ以上の贅沢は望まない。

言ってくれんでねが――。

ふいに、誰かがぽんと肩をたたいた。

その刹那《せつな》、突如、鉛色の雲が割れる。

寿子の頭上に、一瞬の青空が広がった。

花びらのような風花《かざはな》がはらはらと舞い落ちる。天気雨ならぬ、天気雪。

風に踊る小雪の向こう。白無垢に身を包んだほっそりとした女が白い袖をなびかせて駆け抜けた。

狐の嫁入り。

寿子が裏庭近くのお稲荷の祠を思い浮かべた瞬間、女がくるりとこちらを見た。

笑みをたたえたその顔は、若き日の多嘉子であった。

一条の光の中、舞い降りてきた書生姿の園生に手を取られ、二人で綿布団のような田んぼを蹴ってどこまでもどこまでも駆けていく。

天高く翔《か》けのぼらんとする二人の姿に、寿子は思わず心で叫んでいた。

ばば様、安心してけらいん。私《わだす》らは私《わだす》らでやっていぎます――。

その言葉にこたえるように、風花がきらきらと輝く。

寿子は手庇《てびさし》をして、天に吸い込まれていく二人の姿を見送った。

再び頭上に鉛色の厚い雲が満ち、青空が掻き消え、何事もなかったように雪が降りしきる。

すべては幻だったのだろうか。

手庇を外すのも忘れ、寿子は茫然と立ち尽くした。

やがて、我に返って前を向くと、檀家寺に既に野辺送りの長い行列ができているのが見えた。

葬儀旗が風になびき、出発を促す鉦の音が響き渡る。

寿子は行列を目指し、急いで歩き始めた。


翌日の午後、長い葬儀を終えて、身内だけで精進《しょうじん》落としをすることになった。

一緒に残るよう頼んだのだが、喜勢子夫妻は昨夜のうちに広原村へ帰っていった。早朝から働き詰めで、喜勢子も相当疲れていたはずなのだが。

それでも、良一と喜勢子が和やかに言葉を交わしていたのが、寿子は嬉しかった。

夫の心の安定に、喜勢子の存在は一役買っていたに違いない。

喜勢子が山から掘り出してくる自然薯をするとき、良一は心の奥底で、異母妹との縁《えにし》を思っているのかもしれなかった。

ふと、爽やかな香気が寿子の鼻腔《びこう》をくすぐる。

竈の上の椀に挿してある樒が、たった一枝にもかかわらず、強い香りを漂わせていた。

竈でうどんを煮ていると、背後から声がした。振り向けば、次男の良彦がまだ寝間着姿で立っている。

「なんだべ、よっちゃん、早ぐ着替えでけろ。そろそろ昼になんだべ……」

寿子の言葉が終わらぬうちに、良彦が声を張った。

「喜勢子おばさんは、誰ちゃ」

思わず寿子は息を呑む。その寿子の顔を、良彦はじっと見つめてきた。

子供だとばかり思っていた良彦が、いつの間にか大人びた眼差しをしていることに、寿子は内心驚く。

三年前、米の調達で一緒に広原村の家を訪ねてから、良彦は喜勢子と自分たちの因縁に半ば気づき始めているようだった。

「喜勢子さんは……」

寿子の声がかすれる。それ以上を続けることができなかった。

うどんが噴きこぼれそうになり、寿子は慌てて鍋に向かう。

「いいちゃ」

竈の火を調節していると、背後で良彦が呟いた。

「けんど、いづか、教えでけろ」

そう言い残し、良彦は台所を出ていった。

「お母《が》さん」

いづか——。

その日は、寿子が想像しているより、ずっと早くくる気がした。

「なにかあったのか」

良彦と入れ違いに、良一が台所に入ってくる。

「なんでもねでがす」

寿子の一瞬の狼狽《ろうばい》に気づかず、良一は異母妹の喜勢子が置いていった自然薯を手に、薯蕷の準備を始めた。

今日もまた、夫は自分の傍らで、自然薯をすってくれる。

薯蕷を絡めたうどんを、良彦は何杯も食べるのだろう。美津子はラジオにぴったりと耳をつけて『鐘の鳴る丘』を聞くのだろう。

変わらない日々の中に、多嘉子の姿だけがない。

これからも何気ない日常の風景は少しずつ変化して、いつしか、二度とは戻らぬ過去になっていく。きっと、それが生きていくということなのだろう。

大切なのは、移ろうときの中で、本当の自分の色を見つけることだ。

時勢に合わせて色を変えていくうちに、自らの色が分からなくなるカメレオンにならないように。

一億総勢が同じ色になることを強《し》いられた戦争の時代を、良彦や美津子や、やがては生まれてくるであろう良治と照美の子供に繰り返してほしくはない。

そのために、残りの人生を、寿子も自分なりに全うしたいと思う。

なにがあろうと良一に寄り添う。それが寿子の選んだ色だ。

言ってくれんでねが――。

耳元で、再び誰かの声が響く。

うどんを釜揚げにして囲炉裏へ持っていくと、照美がパーマネントを当てた髪がうまくまとまらないと、良治に当たっていた。

「あんな幽霊みたいな三角布を、一日中巻いていたせいよ」

姑の自分が鍋を運び、舅が自然薯をすり、幼い美津子ですら膳の用意をしているというのに、まるで気にする素振りもない。

台所に引き返しながら、いつしか寿子は眉間《みけん》にきついしわを寄せた。

「まんず、気の利がねえ嫁だ」

我知らず呟いた声が多嘉子そっくりに響いたことに、自分でも驚く。

どんなに育ちや性格が違っていても、嫁と姑の関係はどこかに似通ったものがあるのだろうか。

「やんだ……」

なんだか急に可笑しくなって、寿子は廊下を歩きながら、いつまでもくすくすと笑い続けた。

第四話

御真影《ごしんえい》

昭和二十六年

次男の背が急に伸びた。

庭先を歩く良彦の後ろ姿を窓越しに眺めながら、良一は驚きを覚える。早生まれの良彦は、十歳年上の長男に比べて、小柄な印象があったのだ。

しかし、真新しい制服に身を包んだ良彦は、いつの間にか随分と長身になっていた。並んだら、自分が見下ろされてしまいそうだ。

良彦は古びた自転車に飛び乗ると、あっという間に砂利道を走り去っていく。まだ水の入っていない田んぼの中を進む自転車の影を遠く見送りながら、良一は一つ息をついた。

驚くほどのことではない。

この四月から、良彦は駅前の高等学校に入学した。もう子供という年齢ではない。身長が伸びたのも、決して昨日今日のことではなかっただろう。それを気に留めることができなかったのは、単に己の不注意だ。

文机《ふづくえ》の前に坐したまま、良一は肩を落とす。

春先特有の低気圧のせいか、このところ気分がすぐれず、家族と一緒に食事をとることすらできない日が続いていた。良彦も、まだ小学生の長女の美津子も毎朝登校前に書斎まで挨拶にきていたが、良一は机に向いたまま「いってきなさい」と告げるのが精一杯だった。

人の親として、自分の在り方は、果たしていかがなものだろう。

冷静に考えると情けなくなってくるけれど、二人の子供たちは、こうした父親の姿にとうに慣れ切っている様子だった。

小学生の美津子にまで、自分は「神経症のお父《ど》さん」と認識されている。

良一はまんじりと窓の外を眺めた。

雪こそ残っていないものの、北国の春はまだ浅い。以前赴任していた東京では入学式の頃に桜が満開になっていたが、ここでは四月も下旬をすぎないと蕾《つぼみ》はほころびない。

それでもどこか遠くから、雲雀《ひばり》のさえずる声が聞こえていた。

軽やかな鳴き声が、良一の耳には重く響く。

もう少ししたら、畑にキュウリやゴボウやホウレン草の種まきをしなければならないだろう。田んぼに肥料を入れ、水も張らなければいけない。

気分が塞《ふさ》ぐのは、なにも低気圧のせいばかりではなかった。これから先、組まなければならない段取りのことを考えただけで、腹の底が冷たくなる。

多くの農作業は、春先の計画が要《かなめ》だ。一昨年までは、そうした采配のすべてを母である多嘉子が一手に引き受けてくれていた。旧家の一人娘だった多嘉子は、良一の父である園生に出奔された後も、仙台の私塾で磨いた才覚を発揮し、この家を支え続けた。

敗戦後の連合国軍総司令部《GHQ》主導による農地改革で小作人制度は廃止され、多くの土地は失われたが、長らく多嘉子の威光が衰えることはなかった。

そんな偉大過ぎた母も、今はいない。

多嘉子は昨年の早春に、八十五歳で他界した。

良一は文机の抽斗《ひきだし》をあけ、帳簿を取り出してみる。古川に戻ってきてから、稲作や穀物の収穫高の記録は、良一が担当していた。出納簿《すいとうぼ》も、母より引き継いで久しい。

帳面をつけることなら、良一には苦にならない。子供の頃から、自分は大抵机に向かっていた。

母の多嘉子も、写真で見る父の園生も長身で、その二人の遺伝子を受け継いだ良一は体格に恵まれ、運動能力も低くなかったが、外で遊ぶことよりも、なにかを調べたり、学んだりすることのほうが好きだった。子供の頃から凝り性で、几帳面《きちょうめん》だったのだ。分からないことがあると、つぶさに調べずにはいられなかった。

多嘉子も教育熱心で、たくさんの本や図鑑を買ってくれた。特に宇宙の図鑑に、良一は魅了された。家には天体望遠鏡があったので、それを手に、夜は星を探してその位置をスケッチブックに写し取り、昼は図鑑で天体の名前を調べた。

眼に映る星影は、光年の彼方《かなた》の光。実際に、その天体は消滅している可能性もある。

そう知ったときは、宇宙の神秘に心が震えた。

星雲、銀河、惑星、衛星……。夜空に広がる未知の世界に、興味が尽きることはなかった。

　生まれたときから父はいなかったので、喪失感を覚えたことはない。それに、常に家の中心で、多くの小作人たちに傅かれていた多嘉子は母というより、父のような存在だった。

　いつも厳《いか》めしい表情をしている多嘉子は、他の子供たちの〝お母《が》さん〟のように、甘えさせてはくれなかった。

　良一は、〝おふくろの味〟というものを知らない。

　物心ついたときから、朝昼晩の食事を作ってくれるのは、仙台時代から母に仕えていたという年老いた女中頭《がしら》だった。多嘉子が豪奢《ごうしゃ》な着物を着て、村の集会所で「栄養学」とやらを教えているのを、良一はいささか白けた気持ちで眺めていた。

　家にいるのは〝お母《が》さん〟ではなく、〝多嘉子様〟だった。

　それでも、母が女一人で家を支えている苦労は理解していたので、やはり期待には応えたかった。

　東京高等師範学校――通称東京高師に合格したとき、いつも厳しい母が相好《そうごう》を崩して喜んでくれた。

　あのときは、良一自身も心底誇らしかった。

　後の自分が、こんなことになるとも知らずに――。

　良一の口元に、苦い笑みがのぼる。

あの頃の自分は、人並みに、若々しい野心に燃えていた。

〝昔から山紫水明《さんしすいめい》の地は偉人を生むと言うが、古川には山も川もない。平々坦々たる田んぼの真ん中の一小都市にすぎない。ゆえに諸君は自らえらくなって、故郷の天地を天下に有名にしなければいけない〟

地元の名士、吉野作造博士が同郷の学生に向けて行った講演会を聴きにいき、良一は深い感銘を受けた。

吉野作造は、「古川学人」の筆名を使うこともある、古川出身の政治学者だ。言論の自由を謳《うた》い、薩長閥や官僚軍閥によるものではなく、普通選挙による議会政治を目指していた吉野作造の思想に良一は強く惹《ひ》かれた。

吉野が主張する民本主義が、人権に国籍を問わないところにも、新たな可能性を感じた。東京高等師範学校では、中国籍や朝鮮籍の学生たちと交流があったからだ。

東京高師には、お雇い外国人と呼ばれる米国人教師も在籍していた。優秀な外国籍の学生たちと競い合うように、良一は米国人教師に就《つ》いて、本場の英語の習得に没頭した。

ゆくゆくは自分も立派な教育者となり、お雇い外国人教師のように世界中に教え子を持ち、故郷に錦を飾りたい。そんな夢を抱いていた。

当時は、自分の心がこうも脆弱《ぜいじゃく》だとは、思ってもみなかった。

良一の中に、深い喪失感が込み上げる。

結局自分は、母にふさわしい息子にはなれなかった。

後に知ったのだが、父の園生もまた、仙台の師範学校を出て教師を目指していたそうだ。東京高師への入学をことのほか喜んでくれた母は、早逝した父の面影を、自分の中に見ていたのかもしれない。

しかし、畢竟《ひっきょう》、自分も父と同じく、母を裏切ることになったのだ。

もっとも、生前の母は、出奔した父を恨んでいるようには見えなかった。

尊大ではあったけれど、我が母ながら、多嘉子は思い切りのいい女だった。それもまた、武家に生まれたという矜持《きょうじ》の表れだったのだろうか。自分の蒔《ま》いた種は、自分で刈り取るのが当たり前だと考えている節《ふし》があった。

園生を婿に選んだのも自分なら、良一を産んだのも自分――。

そう達観していたのかも分からない。

まさしく己は、母の蒔いた不肖《ふしょう》の種か。

苦い悔恨が、じわじわと身を焼く。母の多嘉子にとって、自分は最後まで不甲斐ない息子だったことだろう。

ふと良一の視線が、抽斗の奥に隠してある数冊の帳面に注がれた。

これらの帳面は帳簿ではない。

日記だ。

ここには、旧制中学校の教員として、単身赴任していた東京での出来事が綴《つづ》られている。

思い出したくもない日々だ。

亡き母や妻の寿子をはじめ、家族たちは自分の「神経症」を、教職を罷免されたせいだと考えているのかもしれないが、自分の抑鬱《よくうつ》の根は、実際にはもっとずっと深いところにある。

あの頃は、毎日のように自死することばかり考えていた。生きるのが本当につらかった。

しかし、それでは今は楽になったのかと問われると、良一は答える術《すべ》を持たない。

あれから、二十年近い歳月が流れているのに、自分の抑鬱が治っているとは思えない。

〝治ろうと思うからいけない〟

ふいに、ある医師の声が脳裏に響き、良一は瞑目《めいもく》する。

けれど、治らんとせずに、いかに生活を続けていけばいいのか。

偉大だった母は、不肖の息子を残してこの世を去った。

葬儀の直後の作付けは、村の年寄り会が取り計らってくれたが、今年はそうはいかない。だが、働き手の手配や、作業の分配等、自分に指揮ができるだろうか。

現在の職場である役場にも、まったくと言っていいほど足を向けられていないというのに。

〝理屈はやめて、成り行きのままに任せておけばいい〟

頭の中で響く声に促され、良一は眼をあけた。穀高を記録した帳簿を抽斗にしまい、立ち上がる。

とりあえず、今はやれることをやるしかないだろう。

家を出られないなら、せめて書斎を出る。田畑の作付けの計画を立てられないなら、まずは眼の前の廊下をふく。

それが医師の教えだ。

そうしていくうちに、本当に心が平らかになる日がくるのだろうか。

ここ数年、良一は率先して家の中の仕事をするようにしているが、実のところ、回復の兆《きざ》しを感じたことは一度もなかった。

たまさか気を張って家を出たとしても、職場に向かう途中で必ず膝が折れる。苦労をかけっぱなしの妻の手助けはいくらかできたかもしれないが、所詮《しょせん》、家事は家事だ。

こんなことを続けていれば、亡き母が備えてくれた蓄えもいつかは尽きる。遅かれ早かれ、いずれ家計は破綻する。しかも、敗戦直後の混乱期に、GHQから押しつけられた驚くほど安価な土地売買の書類に言われるがままに判を押してしまったのは当の自分自身なのだ。

そこまで考えた瞬間、ふっと嫌な心持ちに襲われた。

久しく現れなかった感触が、踏み出しかけた足先にまといつく。

嗚呼《ああ》、これだけの歳月が経つのに、やはり自分は変わっていない。

否。変わっていないのは本当に自分だけなのか。

良一は、居間から聞こえてくるラジオの音に耳を澄ませた。少女歌手が子供とは思えない大人びた節回しで主演映画の主題歌を歌っている。「チューインガム」「チョコレート」と終戦後に子供たちの間で一般的になった菓子の名前を、朗々と歌い上げている。

敗戦から六年が経ち、農地改革の混乱も収まり、ようやく食糧不足も解消されてきた。自分の不注意は別にして、良彦の体格が急によくなったのも、こうした食糧事情の好転に一因はあったのかもしれない。

しかし、昨年から朝鮮半島で新たな戦争が起きている。敗戦によって壊滅状態に陥ったはずの日本政府がそれを受けて発表したのは、百四十四億円に上る〝動乱特需〟だった。

破壊と殺戮《さつりく》を悔い、放棄したはずの戦争が〝特需〟とは。

自分が変われないのと同様に、世の人の心も変わっていない。

あのときと同様に、醜く、あさましい。

自由や平和を希求する理想は、光年の彼方の星影のように、いつまでたっても手に届かない。

鬱々としたものが込み上げ、結局、それ以上足を踏み出すことができなくなった。

良一は書斎に引き返し、敷いたままになっている布団の中にもぐりこんだ。

それから数日間、良一は書斎にこもって過ごした。書物を手にとっても、ページを繰るだけで、内容がほとんど頭に入ってこない。昼となく夜となく寝床に臥《ふ》せっているので、食欲もたいしてわかなかった。

さすがにそろそろ起きなければならないと考え始めていた矢先に、妻の寿子が遠慮がちに襖をあけた。

「お父《ど》さん、今朝はご気分はいかがでがすか」

十歳年下の妻も、数えでもう五十になる。色白の瓜実顔《うりざねがお》は若い頃とあまり変わらないが、髪には白いものが目立ち始めていた。

「悪くないよ」

良一は寝床から起き上がり、できるだけ穏やかに答えた。

秋田出身の寿子がすっかり古川弁に馴染《なじ》んでいるにもかかわらず、良一は普段からあまり方言を使わない。

東京暮らしが長かったせいもあるが、それ以上に方言が、できることなら二度と思い出したくない過去と結びついているせいだ。

「役場の青年会の皆さんが、お父《ど》さんに、張り紙の挿絵さ描いでほしいそうでがす」

「うん……」

曖昧《あいまい》に頷く。

恐らく、寿子が役場に頭を下げて、在宅でできる仕事を探してきてくれたのだろう。

良一は若い頃から写生が趣味で、その腕前もなかなかのものだったが、もう随分長い間、絵筆をとっていなかった。軍国主義が深まるにつれ、描きたいものも、描けるものも減っていったからだ。事実、写生をしているだけで、間諜《かんちょう》の疑いをかけられるような世の中だった。良一の好むものは、どんどん排斥されるようになっていった。

大東亜戦争が始まると、東京の旧制中学校で担当していた英語の授業も、真っ先に軍事教練に取って代わられた。

敵性語の授業など、言語道断。

校長からも町内会からもそう断じられ、良一は陸軍から派遣されてきた軍事教官の後ろで、竹槍訓練や匍匐《ほふく》前進に励む生徒たちをぼんやり眺めることしかできなかった。

心の中では、実にバカバカしいと思っていた。

竹槍を振るい、地面を這い、本当に米英に勝てる気でいるのだろうか。

米国人教師に就《つ》いて英語を学び、同郷の学者、吉野作造博士の講演を聴いて「文明国民」について思索を巡らせてきた自分には、このような事態は到底受け入れられないと感じたが、それでも、声をあげることはかなわなかった。

あのとき良一は、全体主義の前で学問が無力化されてゆく様をまざまざと見せつけられた。

芸術も、語学も、思索も、なんの役にも立たなかった。

当時の無力を思うと、今も絵筆をとることに気乗りはしない。

けれど、妻の寿子が自分の顔を立てるために心を砕いていることを考えれば、そうそう無下にする訳にもいかなかった。加えて、臥床《がしょう》しているだけの日々にも少々飽き始めていた。

雨戸をあけてくれるように頼むと、寿子はいそいそと書斎の中へ入ってきた。あけ放たれた窓から、朝の明るい日差しが差し込む。

日の高いうちに、寿子は敷布の洗濯も済ませてしまいたいと算段しているのかもしれない。察して、良一は布団から出た。

「なにを描けばいいのかな」

「村の景色なら、なんでもいいそうでがす」

それはまた、随分と鷹揚《おうよう》な仕事だ。

大方は寿子への同情だろうけれど、自分は役場からも相当気を遣われているようだ。

良一はいささかきまり悪くなりながら、重い身体を引きずって書斎から出た。

上着をはおり、板張りの廊下を歩く。土間の向こうでは、庭先の木々の緑が和らいでいた。朝の空気はまだ少し冷たいが、日差しはどんどん厚みを増している。もうすぐ桜の花も咲くだろう。棚上げにしていた野菜の種まきにも、本腰を入れなければならない。

人手を頼むのが難しいなら、せめて庭の葡萄《ぶどう》棚だけでも自分で手を入れようか。

何気なく土間に下りようとして、良一は足元に違和感を覚えた。途端に先日覚えた不快感が、ついにはっきりとした形を以《もっ》て甦《よみがえ》る。

駄目だ。

やはり、見える。消えていない——。

胸の奥底から、絶望的な不安が込み上げる。

そこに浮かび上がっているのは、御真影《ごしんえい》だ。

勲章をたくさん胸につけた陛下のお姿が見える。

なぜなのかは分からない。

理由をどれだけ問いかけても、その医師は一度も答えてくれなかった。

答えがないのが答えだということか。

〝常に強迫観念そのものに、緊張していればよい〟

されど、それはあまりにもつらすぎる。どうして自分の足元にだけ御真影が現れるのか、答えを探さずにはいられない。

土間《どま》に足をつくことができず、全身がぶるぶると震え出す。

「お父さん」

ふいに背後から声が響き、その拍子に良一は上がり框《がまち》に腰を落とした。どうにか平静を装って振り向くと、訝《いぶか》しげな表情を浮かべた良彦が立っていた。

「良彦、これから学校か」

声が上ずらないように気をつけながら尋ねれば、良彦は小さく首を振る。

「お父さん、今日は日曜ちゃ」

鬱々と臥せってばかりいたので、曜日の感覚は完全に消えていた。言われてみれば、良彦は詰襟《つめえり》の学生服を着ていない。丸首のシャツを着て、微かに眉を寄せて自分を見下ろしている。

「それにしては、随分と早いじゃないか」

最近まで良彦は、日曜といえば、寿子が声を荒らげるまで起きてこようとしなかった。

「部活の朝練にいくっちゃ」

良一が框に座りなおすのを見守ってから、良彦はさっさと土間に下りて運動靴を履いた。身長の高さを買われてバスケットボール部に入部したという。

寿子と長女の美津子は小柄だが、自分も母の多嘉子も写真の中の園生も長身だ。要するに良彦も、その血を受け継いでいるのだ。

靴ひもを結んでいる背中を見ながら、次男がすっかり成長していることに、良一は改めて感慨を覚える。

「ほんだら、お父《ど》さん、いって参ります」

形だけ頭を下げると、良彦は庭先へ駆け出していった。

「いってきなさい」

自分の声が届いたのかどうかは分からない。自転車にまたがると、良彦はあっという間に垣根の向こうに消えていった。

自転車が砂利道を進む音が消えるまで、良一は玄関の上がり框でじっと眼を閉じていた。

しんとした静けさが戻るのを待ち、ゆっくりと目蓋《まぶた》を開く。良彦が何事もなく踏んでいった土間に足を下ろそうとすれば、やはりそこに幻像が現れる。

それがはっきりと御真影を象《かたど》るようになったのは、一体いつのことだったろう。

心の奥底にわだかまる不安や恐れの得体が知れないように、時期を特定することは難しい。だが、ありもしない幻覚と強迫観念に囚《とら》われるきっかけとなったのは、やはりあの出来事に違いない。

今から三十年近く前のこと。寿子と結婚した翌年、良一は東京の旧制中学校に赴任した。

大正十二年。よく晴れた秋の正午直前に、それは起こった。

関東大震災。

きっとあのときに自分の足元は、奈落へと崩れ落ちたのだ。

良一は上がり框に腰を下ろしたまま、とりとめもなく思いを巡らせる。

忘れようと思っても忘れられない。ひょっとすると自分の意識は、ずっとあの日に紐《ひも》づけられているのかも分からない。

九月一日——。あれは、八朔《はっさく》の日だった。

数日前まで降り続いていた雨がようやくやみ、朝から残暑の強い日差しが降り注いでいた。近所の八幡神社で豊作祝いの餅が振る舞われるとかで、始業式が終わるや否や、生徒たちは競い合うように教室を出ていった。その日は土曜日だったので、良一たち教員も始業式の片づけを終えると、三々五々帰路に就こうとしていた。

ふと良一は微かな耳鳴りを聞いたような気がした。その直後に、巨大な揺れがやってきた。

思い返しただけでも身がすくむ。

あんなに凄まじい揺れを経験したのは、後にも先にもあのときだけだ。

木造の校舎は立っていられないほどに、根元から散々に揺さぶられた。あちこちで棚が倒れたり、窓硝子が割れたりする大きな音が響き、生きた心地がしなかった。

長かった揺れがようやく収まり、柱にしがみついていた良一が眼をあけると、床にうずくまった同僚たちは、全員、血の気のない表情をしていた。

誰かが校舎が倒壊する恐れがあると叫び出し、それからは校内に残っている生徒を探すことに必死になった。幸い生徒たちに怪我はなく、全員で校舎の外に出たときには、近所の人たちが大勢校庭に集まってきていた。

そこで良一は、隅田川《すみだがわ》沿いの下町が火の海になっているという噂を聞いた。昼時の地震で、どの家も煮炊きをしていたことが、大火災につながったらしい。

良一はそのとき、八朔が強風の意味を持つことを頭のどこかで思い返していた。確かに、暦通りの風の強い日だった。

同時に、韓国併合に強い不平を持つ朝鮮半島出身の人たちが、この地震を機に東京中に爆弾を仕掛けて回っているという話が飛び交い、さすがにそれには首を傾げた。

これだけ大きな地震の後に、果たしてそんなことが可能だろうか。

〝いやいや、連中はこの機会をずっとうかがっていたんだ〟

大勢がまことしやかに吹聴してみせるほど、良一は懐疑的な気分になった。

予測もつかない大地震を機に反乱を企てるなど、どう考えても現実的ではない。

それよりも、八朔の強風にあおられて広がっているという火災のほうが気がかりだった。

校庭で余震をやり過ごし、担任の生徒たちを送り届けてから帰宅した頃には、すっかり夜になっていた。

良一が単身で暮らしている長屋は、門扉《もんぴ》がゆがんで開きづらくなっていたものの、倒壊は免れていた。良一は部屋に入り、棚や机が倒れて滅茶苦茶になっている部屋の中になんとか身を置いた。そのうち、長屋の女将《おかみ》がやってきて、井戸の水を飲むなと触れ回り始めた。

ここでも朝鮮半島出身の人たちが、井戸に毒を入れたというのだ。

〝飲んだら死んでしまうからね。警察の人たちから聞いたのだから、間違いのない話だよ〟

長屋の住人一人一人に、女将はきつく念を押している。

喉《のど》がからからになっていた良一は閉口した。

横になりたくても部屋中に物が散乱しているし、片づけている先から余震が起きる。

電気のつかない真っ暗な部屋の中で、喉の渇きと余震に耐えているうちに、心身ともに疲弊した良一は、徐々に怒りが湧き上がってくるのを感じた。

なぜ、こんな大変なときに、井戸に毒など入れるのだろう。

当初は荒唐無稽に思えた噂も、こうもあちこちで聞かされると段々本当に思えてくる。大変なのは、日本人も、朝鮮人も変わりはない。地震を反乱の機会にするなんて、いくらなんでも、あまりではないか。韓国併合に不満があるなら、もっとほかにやり方があるはずだ。

東京高師時代、共に学んだ朝鮮籍の学生たちは、もっと良識があったのに。

強まる渇きと飢えが、一層気分を殺伐《さつばつ》とさせた。

やがて、深夜近くになると、外から大勢の声が聞こえ始めた。廊下に出てみれば、隣の部屋の住人が興奮した面持ちで話しかけてくる。

〝不逞鮮人〟を取り締まるために、自警団が結成されたという。一緒に参加しようと促され、良一もとりあえず表へ出てみることにした。

そこで良一は異様な光景を見た。

とても暴動を企てるようには思えない、まだ少年のような若い朝鮮半島出身の人たちが、電信柱に縛りつけられている。

暗闇の中、松明《たいまつ》の火が赤々と燃え、その炎にあおられ、怒りをあらわにした人々が爛々《らんらん》と眼だけを輝かせていた。

これは、少しおかしいのではないか。

こんなに若い朝鮮人が、韓国併合に大それた不満を持つとは思えない。

隣の部屋の住人を振り返ろうとした矢先、見知らぬ男からいきなり腕を強くつかまれた。

〝お前、日本人か！　ばびぶべぼと言ってみろ！〟

あまりのことに、良一はすぐに言葉を返すことができなかった。途端に、棍棒《こんぼう》や鎌や鳶口《とびぐち》を握った男たちに、取り囲まれる。

美男の誉《ほま》れの高かった父、園生譲りの切れ長の眼と細く高い鼻梁《びりょう》が、彼らの疑惑を呼んだのだ。

あのとき、自分がなにを口走ったのか正確には覚えていない。

〝やっぱりお前、日本人じゃないだろう！〟

咄嗟《とっさ》に口をついて出た故郷の方言に、一斉に肩や背中を押さえつけられ、地面に膝をついた。そのまま、電信柱まで引きずっていかれたときに、〝違う、違う。その人は、この春に赴任してきた学校の先生だ〟と、隣の部屋の住人が駆け寄ってきた。

良一は解放されたが、すぐ耳元で切れ切れの声が響いた。

〝ミ……ミジュ……〟

強《したた》かに殴られたのだろう。両目蓋を真っ黒に腫《は》らした若い朝鮮人が、電信柱に縛られたまま、息も絶え絶えに片言の日本語で水を欲しがっていた。

〝黙れっ！〟

その瞬間、誰かが朝鮮人の頭を棍棒で力一杯殴りつけた。

若い朝鮮人の首が変な方向に曲がるのを目の当たりにして、良一はそのまま腰を抜かしてしまった。

あのとき、どうして、誰も気づこうとしなかったのだろう。

良一は上がり框に座ったまま、額を押さえる。

東京中の井戸に毒を入れて回ったという噂が本当なら、彼ら自身が水を欲しがる訳がないことに。

第一、そんなに大量の毒を、彼らは一体どこから手に入れたのか。

なぜ、もっと冷静に考えることができなかったのだろう。

自警団はそれからしばらく町内を闊歩し、朝鮮半島出身の人たちを見つけるや、寄ってたかって暴力をふるっていたが、結局、どこの井戸からも毒物らしいものは発見されなかった。

電信柱に縛られ、凄惨《せいさん》な暴力を振るわれていた彼は、その後どうなったのだろう。

やはりあのとき、こと切れてしまったのだろうか。

考え始めると、今も恐ろしくて仕方がない。

自分に向けられた悲しげな眼差しを、どうしても忘れることができない。

なによりも忌《い》まわしいのは、恐慌に陥《おちい》った際、良一自身があっさりと迷いを捨て、彼らに怒りの矛先《ほこさき》を向けたことだ。もしも自警団の刃《やいば》が己に向けられることがなかったら、その理不尽にさえ気づくことがなかったのではあるまいか。

どれだけ普段は平静を装っていても、一皮むけば、人の心は醜くあさましい。自分のことだけで一杯で、容易に周囲を攻撃するようになる。

あと一瞬、恐怖と苛立《いらだ》ちが長引いていれば、自分もまた異邦の人たちに石を投げる側に回っていたのかも分からない。

学問を無力化させるのは、全体主義だけではない。

恐怖心もまた、培《つちか》ってきた教養や知識を呆気《あっけ》なく麻痺させる。

「文明国民」を目指して積んできたはずの修練が、切羽詰《せっぱつ》まった恐怖の前ではまったく役に立たなかった。

自ら身を立て、故郷の古川を天下に知らしめろ——。かつて、同郷の偉人の演説に鼓舞された意気が、見る影もなく萎《しぼ》んでいくのを感じた。

それでも、大正の終わりに衆議院議員選挙法が改正され、吉野作造が目指していた男子普通選挙法が実現したときには、この国は変わるのではないかと予感させられた。同時に成立した治安維持法により、後に自分が教職を追われることになろうとは、当時の良一は夢にも思っていなかった。

大地震から三年後、時代は大正から昭和へと移る。

良一はこの年、長男の良治に恵まれた。子供の誕生は、良一にとって心機一転の機会だったが、期待した新しい時代は、常に不況とともにあった。

関東大震災の傷が癒えない中、昭和四年には、ニューヨーク株式市場の大暴落を端に、世界大恐慌が始まる。生糸等、主要産業物をアメリカに輸出していた日本は大きな打撃を受け、翌年の昭和五年には、失業者が全国で推定二百五十万人を突破したとも言われた。

不況のどん底で、国が考えたことは、個人のそれと大差がない。

満州事変が起き、日本は軍国主義の一途をたどることになる。

五・一五事件で海軍将校と右翼団体に犬養毅首相が殺害された翌年、良一は新聞で、軍閥政治を批判し続けていた吉野作造が病死したことを知った。

同郷の偉人の逝去を悼みながら、良一は日に日に強くなる全体主義を危惧《きぐ》せずにはいられなかった。

また、あれがくる。

良一の背筋を怖気《おぞけ》が走った。

恐怖心と疑心暗鬼に駆られ、異質の誰かを敵にする。全体主義になびかないものを、徹底的に攻撃する。

〝ミ……ミジュ……〟

理不尽に暴力を振るわれて、息も絶え絶えに助けを求めていた声が、開かぬ目蓋の奥から、じっと自分に注がれていた悲しげな眼差しが、胸を離れない。

だが、大正デモクラシーを牽引《けんいん》し、男子普通選挙を実現に導いた吉野たちにも軍閥政治と国粋主義をとめることは結局できなかったのだ。一介の教員である自分に、できることなどあろうはずもない。

無力感に打ちひしがれ、故郷を離れて一人で鬱々と不安な日々を過ごすうちに、いつしか良一は足元に奇妙な違和感を覚えるようになった。

それが、いつから明確な形を帯びるようになったのか判然としない。気がついたときには、既に見えていた。

長い回想から抜け出そうと、良一は深く息を吐く。額から手を放し、土間へと視線をやった。このことを家族に話したことは一度もない。

なぜ、御真影なのか。

良一自身、それが一番の謎だった。

自分は民本主義の理想に憧れこそしたが、陛下や天皇制について特別な思想を持つものではない。

只《ただ》見えてしまう幻影を、しかし、断じて踏む訳にはいかなかった。だから、どうしてもそれ以上先には歩けない。

良一は土間に下りるのをあきらめ、書斎へと引き返した。

結局その日は、一歩も外に出ることができなかった。

文机に真っ白な画用紙を置いたまま、良一はじっと正座していた。今夜は、夕食も喉を通りそうにない。

早々に寝床に逃げ込みたかったが、昼間寿子が外干ししてくれた布団は柔らかく膨らみ、その妻の優しさが、却って罪悪感を誘うのだった。

なにをするでもなく坐していると、ふと、机の横に立てかけてある天体望遠鏡が眼に入る。父の園生の形見分けとして、異母妹の喜勢子から贈られた望遠鏡だ。

園生は結婚直後に家を出てしまったため、良一は父の顔は仏間に飾られている紋付き袴姿の結婚写真でしか知らない。四十を手前に流行り病に倒れたという園生もまた、長男である自分の存在は知らなかったのではないかと思われる。

しかし、父の死後、多嘉子は夫の駆け落ち相手とその娘を、かつて祖母が隠居していた広原村の苫屋に手引きしていた。

母がどうしてそんなことをしたのかは、正直見当もつかない。

父の忘れ形見である喜勢子は常々それを恩に着て、忠実な小作人として長く多嘉子に仕えていた。農地改革の混乱でこの一帯の田畑が荒れ果てて食糧不足に陥ったときも、昨年の多嘉子の葬儀のときも、喜勢子とその夫は陰に陽に自分たち一家を支えてくれた。それは、多嘉子が他界して一年以上経つ今も変わらない。

良一は、天体望遠鏡を手に取ってみた。

対物鏡に凹面鏡を用いた大型の反射望遠鏡は、子供の頃から愛用していた屈折望遠鏡と違い少々扱いが難しいが、高倍率で本格的な天体観測ができる。倍率を百五十倍まで上げれば、月のクレーターはもちろん、金星の蝕《しょく》や、土星の輪や、木星の衛星までよく見えた。

イオ、エウロパ、ガニメデ、カリスト――。

木星の周囲を回る四つの衛星は、ガリレオ衛星と呼ばれる。この衛星が四つに見えたり三つに見えたりする原理から、ガリレオ・ガリレイは地動説を導き出した。世紀の大発見をしたガリレオが観測した衛星を実際に眼にすることに、良一は妙味を覚えずにいられない。

もともと家にあった古い屈折望遠鏡も、父が求めたものだったのだろう。子供の頃から、その望遠鏡を玩具《おもちゃ》代わりに、良一は天体観測をしてきた。屈折望遠鏡はたいして複雑な操作を必要としなかったし、多少像の甘い星影であっても、少年時代の良一は充分に満足だった。星座をスケッチブックに写し取り、図鑑で名前を調べては心を躍らせた。自分が星に興味を持つようになったのも、自然な流れだったと思っている。

それでも、記憶にない父がこの古い天体望遠鏡を覗《のぞ》いていたことに思いを馳せると、やはり不思議な気分になる。

実際には一度も会ったことのない父と、どこか遠くで結びついているような奇妙な縁《えにし》を覚え、しかし、その感慨は懐かしさというより、どちらかといえば薄気味の悪さが先に立つのだった。自ずと生まれる意思ですべてを選んでいたつもりが、結局、環境や血筋といった宿命的なものから免れることができないのだと、何者かに突きつけられたように感じるからだ。

異母妹の喜勢子もまた、その奇縁に囚われたうちの一人に違いない。

こうして自分がいつまでもぐずぐずと農作業を始められないでいれば、いずれ喜勢子夫妻がなんらかの手立てを算段しにやってくるだろう。

無意識のうちに喜勢子夫妻に頼ろうとしている己に気づき、良一は深く恥じ入った。

喜勢子が、自分や多嘉子に大きな負い目を感じているだろうことは、母が存命のときから身に沁みて感じていた。そのたび、しがらみから解き放たれて、もっと自由に生きてほしいと密かに願っていたくせに、川崎で所帯を持ったばかりの長男を呼び戻すことはさすがにできないと考えると、結局、異母妹の献身を当てにするしかない気がする。

天体望遠鏡を壁際に戻し、重い息を吐く。

戦争が終わっても、自分は相変わらずの役立たずだ。

それからしばらくぼんやりとしていたが、やがて良一は文机の抽斗をあけた。帳簿よりもずっと奥にしまい込んである、数冊の帳面を取り出してみる。

東京に単身赴任していたとき、つけていた日記帳。

一番古い帳面の「自由日記」という横書きの文字は、右から左へと印字されている。

良一は帳面をぱらぱらとめくった。

自分でも嫌になるほど几帳面な小さな文字で、ひたすらに自死への希求が綴られている。

極度の煩悶《はんもん》苦悩のため、心身まったく力を失い、少しも精神の統一がない。自分の運命は、自殺か廃人か、其《そ》れよりほかにない気がする――。

この陰陰滅滅たる文面が、一番初めに帳面に書きつけた日記だ。

なぜ、それが見えるのか。踏むまいとすることは、却って踏むことであり、種々の考えを起こさぬようにしようとすることは、却って妄想を盛んにすることである――。

一冊丸々、当時の暗澹《あんたん》たる気持ちが書き記されている。

日記をしたためようと思ったのは、その医師が、治療に日々の記録を用いると聞いていたからだ。

良一は帳面を前に、目蓋を閉じた。

初めて医師の診療所を訪れた日のことが、走馬灯のように脳裏に浮かぶ。

あれは、五・一五事件が起きた年。四十歳になったときだ。

四十にして惑わずという論語の言葉とは裏腹に、この頃、良一の幻覚は日増しに酷《ひど》くなってきていた。昨年、東京市会が紀元二千六百年記念行事の一環として東京にオリンピックを招聘《しょうへい》すると宣言してから、世の中は「これが決まれば、日本も大国の仲間入りだ」と鼻息を荒くする人たちであふれていたが、良一には、それすら鬱陶《うっとう》しくて仕方がなかった。

オリンピックも、大国の仲間入りも、どうでもいい。

そんなことより、たとえ見えたとしても振り払うことができていた幻影が、次第に足元にまとわりついて離れなくなってきたのだ。

このままでは、いずれ、仕事に支障をきたすことになる。それどころか、やがては一歩も動けなくなってしまう。

そう恐怖し始めたとき、良一はたまたま、雑誌で「神経症」に関する記事を読んだ。

その記事を書いた医師こそが、当時、自身が強く推す療法に関する論文著書を次々と発表し、「神経症」の治療の第一人者と言われていた森田正馬《もりたまさたけ》だった。

大正八年から、森田正馬は自宅を開放して神経症の患者を入院させ、独自の治療を行っていた。投薬が主流の西洋医学と違い、一切薬を使用しない精神療法を、森田が「地動説」に例えていることに、良一は心を惹かれた。

天動説の人間にはにわかに信じられないかもしれないが、いずれ分かるときがくる――。

力強く語られる言葉に、失明するまで天体望遠鏡を覗き続けたというガリレオの執念を、良一は重ねた。

父の形見の天体望遠鏡で、たびたびガリレオ衛星の観測をしていたことも、無関係ではなかったのかも分からない。今思えばいささか不気味な因縁にさえ縋りつきたくなるほど、当時の良一は追い詰められていた。

加えて入院した多くの患者が驚くほどの回復を見せ、感極まって涙を流しながら森田の手を握り締めて退院していくという。

記事を読み終えたとき、良一は森田の診療所を訪れることを心に決めた。そして、その日からの自らの気持ちを日記帳にしたため、それが一冊分となったところで本郷《ほんごう》にある森田の自宅兼診療所の扉をたたいたのだ。

森田医師は良一が持参した日記を斜め読みし、次回からは自分の指導の下で日記を書くように告げた。

できれば、入院治療を受けるようにとも。

良一は故郷への仕送り以外の生活費をぎりぎりまで切り詰めて治療費をかき集め、学校が夏季休暇に入るや否や、誰にも告げずに長期の入院のために再び診療所に向かった。家族には仕事で帰郷できないと伝え、職場には実家の所用で長期帰郷すると説明した。

入院した翌日から治療が始まった。

〝森田療法〟として知られる治療法は非常に独特なものだった。

最初の一週間は、絶対臥褥《がじょく》を言い渡され、ひたすらに臥床する。食事も入浴も一人で行い、誰とも口を利くことはできない。心と体を徹底的に休ませるのが目的とはいえ、本を読むこともできないのはつらかった。しまいには、どれだけ抑鬱状態の強かった患者も自ら動きたいと思うようになる。

それが過ぎると軽作業期に入り、ようやく起床を許され、庭掃除や部屋の清掃などを任される。けれど、ここでもほかの入院患者と口を利くことはできない。この時期から、患者は日誌をつけ、日々の出来事を綴り、就寝前に医師に提出する。翌日には、森田の朱筆による助言や注意の入った日誌が返却されるという仕組みだ。閉じていた目蓋をあけ、良一は二冊目の帳面を手に取る。

こちらの帳面は、森田療法に則《のっと》って、治療の一環として綴ったものだ。日々の細々とした出来事がびっしりと綴られている。主に書かれているのは、その日に携《たずさ》わった作業のことだ。

六時起床。洗面後、『古事記』一回音読。朝食前、室内の清掃、整頓。食後、庭の掃除、庭木の世話。小箒《こほうき》が使用に耐えざるため、新たに二本作る――。

感情や不安は、極力記さないようにと指導を受けた。それでも帳面に向かっていると、時折、次から次へと疑念が湧き、どうにもとめられないことがあった。

御真影を踏む恐れは、自分で自分の心を踏むことに重なるのか。いくら仕事に没頭しようとしても、没頭できない――。

良一が綴った文面の横に、森田医師による流れるような朱文字が躍る。

〝気がかりは、気がかりのままにしておけばよい。没頭しようとするからできない〟

日誌の中にたびたび現れる朱文字は、ほとんどが叱責だ。

〝現状に忠実であろうとするからいけない〟

〝仕事の円滑や能率などは、この際、どうでもよい〟

生真面目に作業に取り組もうとすればするほど、叱責はきつくなる。

〝あるがまま、すべてを自然に受けとめていればよい。それ以上の理屈は、一切必要なし〟

その医師の言葉を、良一は今も完全には理解できない。

それでも、日々を詳細に日誌に書き記し、森田の朱筆による指導を読みながら、やがて良一は第三期の重作業期に移行した。

炊事、洗濯、廊下の水拭き、薪割《まきわ》り、風呂焚き、便所の汲み取り……。ありとあらゆる家事が課され、ここで初めてほかの患者との会話が許される。古参の患者は新参の患者の世話をし、夜は座敷に集まって森田の講話を聴き、ときには質問をし、互いに話し合う。

こうして約一か月を森田宅で過ごし、徐々に外泊に慣らして退院をしていくのだ。

良一は生来の生真面目さから、家事にも作業にも誠実に取り組んだが、劇的な改善は最後まで見られなかった。

ただ、強迫観念に悩んでいるのが自分だけではないという事実に、わずかながら慰められた。

手を洗わずにはいられない潔癖症の女性が、森田の奥方に手洗い用の桶《おけ》を取り上げられて泣き叫びつつも、なんとか日々をしのいでいる様も間近に見たし、なにより、森田自身が結核性気管支炎による喘息《ぜんそく》持ちで、奥の部屋からは絶えず苦しげな咳嗽《がいそう》が響いてくる。

精神と身体の違いこそあれ、十全に健康なものはそれほど多くないのだと、良一は思い知った。

もっとも、なぜ御真影の幻覚に悩まされるのか、何度尋ねても、森田は一度も答えを示してはくれなかった。

やっていけるだろうかという問いに、〝やっていけてもいけなくても、やるしかない。挫《くじ》けるか、挫けないかと想像するものではない〟としか医師は言わない。

そうこうしているうちに夏季休暇が終わりに近づき、良一は退院せざるを得なくなった。

最後の日誌に記された朱筆にはこうある。

〝迷ってはいけない。いかに苦しくとも。これからは、日曜になったら遊びにくるといい〟

その言葉に甘え、良一は退院してしばらくの間は休みのたびに森田宅を訪ね、奥方から親子丼をご馳走《ちそう》になったり、書斎の本を借りて読んだりしていた。

その中の一冊に、昭和二年に睡眠薬を大量に飲んで自殺した芥川龍之介《あくたがわりゅうのすけ》が、自分の足の親指の上にローマ人とフェニキア人の戦争を眺めたというイギリスの詩人ベン・ジョンソンによる一節を引用しているのに行き当たり、思わず息を呑んだ。

自分以外にも、足元の幻覚に悩まされた人間がいたことを、初めて知った瞬間だった。

詩人が見た幻覚の理由を、芥川は「神経的疲労」に求め、同時に幻視や幻聴に悩まされる人たちに対し〝彼らの不幸に、悪意に満ちた喜びを感じずにはいられない〟と記していた。

やはり「神経症」を患《わずら》っていた同世代の作家の自虐的な諧謔《かいぎゃく》に、良一は静かに苦笑した。

感極まって涙を流すような劇的な治療効果こそなかったが、逃げ道がない以上、逃げる必要もないという半ば捨て鉢な覚悟だけは己の中に生まれたようだった。

とは言え、その後の日々の中でも幻覚は消えず、良一の抑鬱は一進一退を繰り返した。やり過ごせる日もあれば、どうにもやり過ごせない日もある。

退院から四年後の一月に、次男の良彦が生まれた。

それから約一か月後、陸軍将校等によるクーデター二・二六事件が起き、軍部大臣現役武官制が復活し、軍閥政治は止《とど》まるところを知らぬものとなる。

長子の良治が生まれたとき、良一はその姿を数々のデッサンにとどめた。しかし、同じく愛らしい赤子だったのに、この頃になると絵筆をとろうという気分にはなれなかった。

結果、良治のスケッチはたくさんあるのに、良彦と美津子を描いたものは一枚もない。

日中戦争が始まると、日本は国際的な非難を浴び、招致が決まっていたオリンピックの開催権を返上せざるを得なくなった。

日本が国際的に孤立を深めていった翌年、三年前に亡くなった奥方の後を追うように、森田正馬は肺炎で逝去した。享年六十四。

吉野作造に次ぎ、自分に大きな影響を与えた偉人は、またしても軍国化の一途をたどる世の中に良一を放り出していったのだ。

先生、未だに自分は先生が言わんとしていたことが分からない。

帳面を開いたまま、良一は項垂れる。

やっていけてもいけなくても、やるしかない——。

亡き医師の声が、どこか遠くで響いた気がした。


真珠ほどの大きさの木星の周囲に、三つの衛星が見える。

昨夜まで見えていた四つ目の衛星は、今夜は木星の後ろ側に回ったらしい。

天体望遠鏡の接眼レンズを覗きながら、良一は眼を凝らす。毎晩、位置を変える衛星の姿は、蠱惑《こわく》的な舞踏を踊っているようにも思われる。

五月に入り、宵から未明にかけて、木星が長く夜空に姿を見せるようになった。気圧が安定してきたせいか、このところ、良一の気分も比較的落ち着いていた。

青年会から頼まれた村の風景画も、なんとか仕上げることができた。

その晩、家族との夕食を終えると、良一は園生の形見の天体望遠鏡を抱えて庭に出た。

このところ、毎晩のように庭で木星を観察している。

接眼レンズから眼を離し、良一は周囲を眺めた。

庭の棚には葡萄の苗が育ち、垣根の向こうの田んぼは水をたたえて、天頂にかかった上弦の月と星明かりを鏡のように映している。

春先に良一を押し潰しそうになっていた憂鬱《ゆううつ》の波は、ようやく引き始めていた。

結局、広原村の喜勢子夫妻の手を借りることになってしまったが、田畑の準備もなんとか滞《とどこお》りなく済ませることができた。毎年厳密に記帳されている工程や、苗と石高の比率が作業の役に立ったと、喜勢子の夫は良一の顔を立ててくれた。

元々良一は几帳面な性質だが、森田療法を受けて以来、一層詳細に、日誌や家計簿をつけるようになっていた。日々の作業や出納を事細かに綴ることは、もはや良一の習慣だった。

在宅ではあるが、役場の会計業務もそれなりにこなしている。

と言っても、すべての憂鬱が去った訳ではない。特に、まだ足元はおぼつかなかった。ふとした拍子に、違和感が甦る。

〝調子に乗ってはいけない。常に強迫観念を逃がさないようにしていなければいけない〟

そのたび、良一は朱筆の叱責を思い起こした。

〝囚われから離れようとするから囚われる。囚われには囚われ、放心には放心することが自然なり〟

しかし先生、それはあまりに難しい。

我々の心は、それほど自然に従順にはできていないのだから。

良一は微かに苦笑しながら、木星の背後に回った衛星を思う。人は死ぬと星になると、昔から言い伝えられているが、その星でさえ、陰になにかを隠し持つ。

「お父《ど》さん」

再び接眼レンズを覗き込んでいると、後ろから声をかけられた。

振り向けば、つっかけを履いた次男の良彦が立っている。

「お父《ど》さん、なにが見えるちゃ」

「木星だよ」

肉眼でも見える星を指さすと、良彦は顔を上向けた。

「今夜は空気が澄んでいるから、衛星がよく見える」

「ふーん」

良彦が望遠鏡のそばまでやってきた。こうして並ぶと、やはりもう、良彦のほうが背が高い。

「見てごらん。衛星が三つ見えるから」

良一の言葉に、良彦が接眼レンズを覗き込む。

「本当《ほんど》だ。ちっせえ星が、三つ見えるちゃ」

「あれが、ガリレオ衛星だ」

四つの衛星を観察することで、ガリレオは衛星が木星の周囲を回っていることに気づき、そこから地動説を導き出した。

それは世紀の大発見だったが、キリスト教神学と結びついた天動説が主流の時世の中で、ガリレオは異端審査にかけられて失職し、長く軟禁されることになる。

良一の説明を、良彦は接眼レンズを覗いたままで「ふん、ふん」と聞いていた。

「四つ目の衛星は、今は木星の陰にある」

ガリレオが十七世紀初頭に見ていた衛星を、今、自分たちもこうして見ているのだ。

「面白《おもしれ》えもんだべなぁ」

言葉とは裏腹に、良彦の声は間延びしている。良彦が星になどたいして興味を抱いていないことを、良一は知っていた。

子供の頃は、もう少し熱心に自分の話を聞いてくれていたものなのだが……。

少々寂しい気持ちで、良一は昔のことを思い出す。

この宇宙には、不思議なものがたくさんある。凄まじい重力を持つブラックホール、木星の大赤斑《だいせきはん》、土星の輪っか、月の海――。

小学生だった良彦は、興味深そうに頷いていた。しかし、今は少々趣《おもむき》が異なる。

良一が庭に出て天体観測をするのは、往々にして、気分が落ち着いているときだ。このことは、家族の誰もが知っている。機転が利く良彦は、最近ではそれを見計らい、なんらかの要望を通したいときに、望遠鏡を覗く自分に近づいてくるのだ。

次男の目論見《もくろみ》に気づきつつ、良一はついでにアンドロメダ座の中に見える渦巻《うずまき》銀河の話などもしてみた。

この銀河は、我々が属する銀河系に一番近い渦巻銀河だが、それでも、二百三十万光年の彼方にある。肉眼でも見える銀河は、その実、とうに消滅している可能性もある。

宇宙に限って言えば、我々の眼に映るのは、すべてが幻影なのだ。

「面白《おもしれ》えもんだべなぁ」

比較的熱を入れて語ってみたのだが、良彦は子供のときのように瞳を輝かすこともなく、先刻と大差のない間延びした相槌《あいづち》を打った。

長男の良治とはまとまった思い出もあるが、次男の良彦が生まれたときには病状が深刻化していたこともあり、それほど一緒に遊んだ覚えがない。

恐らく良彦は、長男に比べて父親の印象が遥かに薄いはずだ。加えて、二・二六事件の年に生まれた良彦は、生粋《きっすい》の軍国少年だった。

〝非国民〟として戻ってきた父を、当初は露骨に敬遠していた。

敗戦後、世の中はひっくり返り、良彦も軍国主義の洗脳は解かれたものの、互いの距離の取り方が未だにぎこちないことは否めない。

もっとも、その原因の大半は自分にある。

〝非国民〟でなくなったところで、自分がまっとうな父親でないことは明白だ。

「で、なにかあったのか」

話題を変えてやれば、良彦は接眼レンズからぱっと眼を離した。案の定、新しい運動靴が欲しいと言う。

「俺、バスケ部の、期待の星になったっちゃ」

高校に入ってから、良彦はバスケットボールの部活動に打ち込んでいた。日曜も早く起きて、先輩部員たちと一緒に、田んぼの中の畦道《あぜみち》を走っている。

夜空の幻影を探すより、良彦が興味を持っているのは、敵チームから奪ったボールをゴールに投げ入れることだった。

「分かった。お母さんから小遣いをもらいなさい」

そう告げた瞬間、良彦はくるりと踵を返した。

「ありがでがんす」

叫びながら、もう一目散に家に向かって駆け出していく。その現金さは、却って、気持ちがよいほどだった。

しかし、良彦の利発さは、良一の胸を重くもした。良彦は優秀な成績で進学校に入学した。だが、今後、良彦を大学に進学させるだけの資金がもう家に残っていないことを、良一は心苦しく思わずにはいられない。

〝危険思想〟を唱えて罷免された良一は、長年教師を務めたにもかかわらず、恩給をもらうことができなかった。加えて、先祖代々の土地は信じられない安値で売却してしまったし、親戚から借金を頼まれると、それを断ることもできなかった。

自分は本当に情けない父親だ。

良彦が家に入るのを見届けながら、良一は肩で息をつく。

この先も、恐らく自分は外で働くことはできない。

不甲斐なさを噛み締めていると、じわりと足元に違和感を覚えた。垣根の向こうに行こうとすれば、それはまた、明白な像を結ぶのだろう。

天体望遠鏡を載せた三脚の傍らに腰を下ろし、良一は肉眼で夜空を眺めた。上弦の月が、頭上に高く昇っている。

森田正馬が永眠してから三年後、ついに大東亜戦争が始まった。

戦争はくだらないが時の流れを待つしかない、というのが、軍国主義に染まる時世での森田の一貫した姿勢だったが、良一にとって、時代は最悪の方向に向かっていた。

同郷の政治学者、吉野作造に憧れ、一時は「文明国民」を目指した良一にとって、侵略戦争は決して認められるものではなかった。加えて、東京高師時代に米国人教師に就いて学び、洋書に親しんできた経験から、日本がアメリカのような大国と戦って勝てるとは、到底思えなかった。開戦直後の戦勝ムードにも、ただ気味の悪さを感じるだけだった。

昭和十七年のミッドウェー海戦以降、連戦連勝の雲行きは一気に怪しくなる。新聞には、「転進」「玉砕」といった、戦況の逼迫《ひっぱく》を匂わせる言葉が盛んに登場するようになった。

軍事教練に励む教え子たちの姿を毎日眺めているうちに、良一は、これまで感じた以上の強迫観念につきまとわれるようになる。

くだらない、ばかばかしい。

匍匐前進や竹槍訓練を見るたび、心で思わずにいられない。

そんなことで、あの強大なアメリカに勝てる訳がない。軍事教練も、隣組も、バケツリレーも、なに一つ意味などない。

けれど、自分はどこまでも無力だ。

吉野博士も、森田医師もいなくなった世の中で、よすがとなるものはなにもない。

ついに文科系学生の徴兵猶予が停止され、学徒出陣が決まったとき、本当に底なし沼にはまったような心持ちに襲われた。

あの大雨のぬかるみの中で行われた出陣学徒壮行会。

〝仇《あだ》なす敵を撃滅せよ〟〝悠久の大義に生きろ〟と訓示され、〝生等《せいら》、もとより生還を期せず〟と答辞を読み上げ、大勢の若者が戦地へと送り出された。

その様子を、良一も教え子たちと一緒にラジオで聞いていた。軍楽隊が演奏する「海ゆかば」に合わせた観衆の大合唱を、教え子たちが興奮と感動のうちに聞いているのを、為す術もなく見つめていた。

それから鬱々と過ごすうちに、ある日突然、妙な妄想が心に浮かんだ。

だから、見えるのか――。

関東大震災の経験から、そもそも自分は自警団や軍人に強い嫌悪感を抱いている。

なにもできないくせに、心の裡《うち》で疎《うと》み、蔑《さげす》んでいる。

その己の〝不敬〟が御真影の幻を生み、ましてや自分がそれを踏めば、益々日本の戦況が悪化するのでは……。

この妄想に、良一は慄然《りつぜん》とした。

しかもこのとき、長屋の裸電球がいきなり音を立てて切れたのだ。

バチン！

まるで不吉な符丁のように、それはことさら大きく響いた。突如訪れた暗闇の中で、良一はほとんど恐慌に陥った。

一晩まんじりともできず、夜明けとともに、良一はとるものもとりあえず、森田宅へと駆けていった。

森田正馬の死後、診療所では森田の弟子の医師たちが入院療法を護っていた。その中には、かつて患者だった人もいた。

診療所に駆け込むなり、良一は嵐のように訴えた。

自分が御真影を踏むから、戦況が悪化する。己の不敬が、不吉を招く。それが証拠に、自分がそれを自覚した瞬間、部屋の明かりがぷつりと消えてしまった。

やはり自分は、自死を選ぶしかないのではないか――。

錯乱する良一を、医師たちは優しくなだめた。

すべては単なる思い過ごしで、なんの心配もいらないのだと。

けれどその穏やかさの前で、良一は却って落ち着くことができなかった。

納得のいかぬまま家に戻り、縋るような気持ちで入院していた当初の日誌をめくった瞬間、突如、どこかから強い声が飛んだ。

〝実に下らぬ。そんなことを考えるのは、ただの愚か者なり〟

〝こんな因果を気にしているようでは、最早駄目なり〟

それは、懐かしい朱筆の文字から聞こえてくる叱責だった。

森田正馬は元々自身が神経症の人だったという。幼少期に寺で地獄絵図を見て以来、死の恐怖に取りつかれ、大学時代には「神経衰弱」と診断されている。父から送金を絶たれたと思い込み、「当てつけに死んでやろう」と半ば自棄《やけ》になり、元々病弱だった身体に鞭《むち》を打つように試験勉強にのめり込んだところ、常につきまとっていた不安が薄れ、却って以前より健康になったという経験が、後の〝森田療法〟に結びついたと聞く。

晩年の森田は一層死を恐れ、「心細い」「死にたくない」と、弟子や患者たちの前で涙を流していたそうだ。森田正馬は、自らの信条に従い、本当に〝あるがまま〟であろうとする人だったのだろう。

弟子や患者に囲まれ、さめざめと泣きながら臨終を迎えた森田の様子を想像すると、良一の頭の中で、それは釈迦《しゃか》の涅槃《ねはん》図に重なるのだった。

診療所に駆け込んだ翌日、良一は覚悟を決めた。

もう、これ以上、自身を偽ることはできない。

〝あるがまま〟の本心を、自分もまた、教え子たちに伝えよう。

そして教壇に立ち、冷静に告げた。

この戦争に日本は勝てる見込みがない。だから、未来のある諸君は、断じて戦争にいくべきではない、と――。

あのときほど自分の心が明晰《めいせき》だったことはないと、良一は今でも思う。

無論、昭和十八年の当時にそれを受け入れてくれる人は、ただの一人もいなかった。良一は直ちに罷免され、郷里の古川へ帰ることになった。

自分が特高に捕まることがなかったのは、母の多嘉子が郷里の大日本婦人会の会長を務めていた功績もあっただろうが、同時に、「神経症」に罹《かか》っていたことへの酌量もあったのではないかと推測される。入院していたことは、家族はもちろん、周囲の誰にも告げていない。

しかし、退院後、良一が森田正馬の診療所に足しげく通っていたことを、学校の何人かの教員は気づいている様子だった。

そうして、なにも知らない家族が待つ郷里へ戻った自分が被ることになったのは、〝非国民〟の洗礼だ。

多嘉子の手前、おおっぴらにそれを言う人は少なかったが、夜になると、酔っ払った隣家の男が「この家の主人は非国民だ」と、自分を罵りにやってきた。

もとより不安定だった良一は、書斎に引きこもり、家から出られなくなった。

夜な夜な自分を怒鳴りにくる男は、「鬼畜米英と出会ったら撃ち殺す」と、猟銃を持って村中を巡邏《じゅんら》するような手合いだった。

その様子を見ていると、関東大震災の夜に朝鮮半島出身の人たちを追い回していた自警団の連中を思い出し、良一は一層暗い気分に囚われた。

だが次男の良彦は、当時、この男に強い憧れを抱いていたようだ。自らも竹槍を手に、男の後をついて回っていた。

あれから日本は本当に負けて、戦争は終わった。

しかし自分の心に巣くった憂鬱は、未だに消えることがない。敗戦から六年が経とうとしているのに、足元には相変わらず御真影が現れる。

澄んだ星空を見上げながら、良一は重い溜め息を漏らした。

見えるものは仕方がない。気がかりは、気がかりのままにしておけばいい。

〝あるがまま〟を信条とする医師の言葉は、良一の症状を本当に解決することはできなかった。

職場への復帰はかなわず、次男の大学進学の費用を捻出することもまた、到底かなえられそうにない。

〝非国民〟ではなくなったかもしれないけれど、今もまだ、自分が父親失格であることに違いはない。

でも――。

良一は立ち上がり、亡き父の望遠鏡に手をかけた。

夜空に輝く星一つに照準を定めて天体望遠鏡を覗けば、そこに三つの衛星が現れる。

実際に存在しているのに見えないものと、実際に存在していないのに見えるものとの違いとは、果たしてなにか。

そもそも光年の彼方の星々は、既に眼に映るすべてが影なのだ。

良一には、妻や子供たちが、今の自分の状態を、本当のところどう感じているのかが分からない。それどころか、幻覚を生む己の心の在処《ありか》すら判然としない。

なにが真で、なにが虚なのか。

いち早く地動説に気づいたガリレオ・ガリレイは軟禁され、軍閥を批判し近代民主主義を目指した吉野作造は志半ばで病に倒れた。

時代が悪かった、というのは便利な言葉だが、では、その時代の流れはどこで生じたのか。一度流れができてしまえば、個人は無力にすぎないのか。

自分は非力だ。

悩むばかりで、なにもできない。

ふいに嫌な心持ちに襲われて、良一は望遠鏡を三脚から外した。これ以上外にいると、ここにもあの幻覚が現れるかもしれない。

良一は慌ただしく三脚をたたみ、天体望遠鏡を小脇に抱える。

澄んだ夜空に、薄い灰色の雲が漂い始めていた。

それから良一は、一進一退の日々を過ごした。

雨が降れば身体が重く、一日中床に臥せり、晴れて気分がよいときは、家中を隅々まで掃除し、一人で野良仕事に出る妻のために飯を炊き、風呂を焚く。裏庭から竹を取ってきて、一家全員の箸を削ることもあった。

ほとんどは森田の診療所で入院中に身につけた術だったが、それ以外のものもあった。異母妹の喜勢子が山から掘り出してくる自然薯をすって薯蕷を作るのは、良一が古川に戻ってから始めたことだ。

からし醬油で味付けたそれは、家族にも好評なようだった。麦飯や茹《ゆ》でたてのうどんに薯蕷を絡めると、良彦はもちろん、普段は食の細い美津子までがお代わりをした。

相変わらず、仕事は在宅に限られていたが、妻の寿子が常に泰然《たいぜん》としていることに随分助けられた。

「お父《ど》さん、ちょっといいでがすか」

日曜の朝、良一が帳簿に向かっていると、襖をあけて寿子が書斎に入ってきた。最近、縁座敷《えんざしき》で雨漏りがするという。本格的な梅雨に入る前に、屋根の修繕をして欲しいという話だった。

良一は梯子《はしご》を持って庭に出た。帳簿つけや、村の風景を描く以外にも、自分にできる仕事があるのは、悪いものではないと感じた。ついでに、地面に幻影を見る自分が、逆方向の屋根の上にのぼるのは、なんだか滑稽なようにも思われた。

藁葺き屋根の家が多い村の中で、良一の家の母屋は立派な瓦屋根を載せている。しかし屋根にのぼってみるとその瓦も随分と古くなっていた。

亡き母が護ってきた先祖代々の土地も家も、こうして少しずつ失われていくのかもしれないと、良一は少し寂しくなった。

雲一つない五月晴《さつきば》れで、天頂からは初夏めいた日差しが降り注いでいる。

良一は滑らないように気をつけながら瓦の上に腰を下ろし、周囲を見回した。

大崎平野の中心に位置する古川は、かつて吉野博士が評したように、平々坦々の地だ。家の周りには、青々と水稲が育つ田んぼがどこまでも広がり、風が吹くたびに、海原の波のように稲がたなびく。

しばらくぼんやりと水稲が作る波模様を眺めていたが、ふと、母屋から出てきた影に眼が留まった。

最初は寿子かと思った影は、よく見ると、美津子だった。美津子はまだ小学生だが、姿や仕草がいつの間にか寿子にそっくりになってきている。

美津子は庭の花壇の薔薇に霧吹きで水をやっていた。良一が花壇に植えた薔薇は、今が盛りと、色とりどりの花を咲かせている。その花の世話を美津子もしてくれていたことを、この日、良一は初めて知った。

良一の視線に気づかぬまま、美津子は一つ一つの薔薇に、丁寧に霧を吹きかけている。

その姿は、薔薇の花以上に、良一の眼には美しく映った。

ひときわ強い風が吹き、良一は我に返る。

昼になる前に修繕箇所を見つけようと、移動を始めた。縁座敷の上はこのあたりかと目星をつけた場所からは、書斎の窓が見える。自分はいつも窓の前の文机から、この屋根を眺めてもいるのだ。

瓦を検《あらた》めていくと、良一はそこに、機銃掃射の跡を見つけた。雨漏りの原因は、この場所に違いない。割れた瓦を集める良一の脳裏に、古川に初めて敵機が現れた日のことが、昨日の出来事のようにまざまざと甦ってきた。

当時、良一の状態は最悪だった。

失意の帰郷。周囲からは〝非国民〟と陰口をたたかれ、軍国少年となり果てている次男からは、軽蔑と非難の眼差しを浴びせられた。

毎日書斎に引きこもり、居間にも出ていけない。夜もよく眠れない。

けれど、あのとき。

空襲を知らない良彦が、この屋根の上で物珍しそうに敵機を見上げているのを見た瞬間、足がひとりでに動いた。気づいたときには、靴も履かずに庭に飛び出していた。

〝なにしてるがぁっ！　早ぐ、下りろぉおおっ！〟

久しぶりに口をついて出た古川弁で怒鳴りつけると、良彦もぎょっとしたような顔つきになった。

慌てて屋根から下りてきた息子の首根っこをひっつかみ、無我夢中で家の中へ引きずり込んだ。その直後に、機銃掃射と瓦屋根が割れる音が鳴り響き、冷や汗が噴き出した。

それにしても、よくあんな力が出たものだ。

当時は、箸を持つことすら苦痛だったのに——。

そこまで思い返したとき、良一はハッとした。

自然とは、このことか。

精神は疲弊し苛《さいな》まれていても、身体が自ずと動くことがある。

あるがままとは、そうしたことであったのか。

〝囚われから離れようとするから囚われる。囚われには囚われ、放心には放心することが自然なり〟

初めて医師の教えが、現実味を伴って胸の中に落ちてきた。

砕けた瓦を手に、良一は蒼穹《そうきゆう》を振り仰ぐ。

そこにあるはずの星々は、昼間は見えない。

夜に現れる輝きもまた、光年の彼方の光。実際には存在していないかもしれない星の影。

真実もまた、それと同じなのかもしれない。

見ようとするから見えない。在処を探ろうとするから分からない。

けれど、すべてが幻の訳ではない。

眼に映るのが影であっても、実体がなければ光りはしない。

「ファイトー!」

どこかから若い声が響いた。

田んぼの海原に視線を転じれば、白い運動着を着た良彦たちが、列になって畦道を走っている。緑の波をかき分けるシャチの群れのように、力強く駆けていく。

いけ。

その姿に、良一は我知らず胸に呟く。

いつもそっけなく自分を追い越していく息子の背中は、いつの間にか大きくなった。遠ざかる背は、寂しさよりも、むしろ頼もしさを良一の胸に運ぶ。

そのまま父を置いて、どこまでもいけ。

吉野博士も、森田医師も、到達し得なかった、多嘉子も、園生も、自分も知らない世界のその先へ。

異邦の人に石を投げることも、国粋主義に眼を曇らせることも、戦争を〝特需〟にすることもない場所へ、新しい時代に生きる子供たちなら、きっとたどり着けるはずだ。

良彦たちの姿が小さくなって視界から消えるまで、良一はずっとその一団を見送っていた。

それから、ゆっくりと時間をかけて屋根を修繕し、梯子を下りたときには昼下がりになっていた。

「お父《ど》さん、お疲れさんでがした」

梯子を片付けて土間に入ると、寿子がお茶を淹れてきてくれた。上がり框に腰を掛け、湯呑《ゆのみ》を受け取る。お茶請けの胡桃柚餅子《くるみゆべし》を食べながら、良一は土間を眺めた。

この先も、自分はきっと変わらない。

今までと同じように、帳簿をつけ、家事をし、体調が許せば簡単な農作業をする。気分が乗れば絵筆をとって周囲の風景を描き、晴れた日の夜は天体望遠鏡を覗いて星を探す。

あるがままの毎日だ。

母の期待に応えることも、若き日の理想をかなえることもできなかったけれど。

ただ生きる。それだけだ。

眼の前の寿子の笑みに嘘がないことに、良一は安慮《あんりょ》する。

それでも、足元にまといつく幻影が消えることも、またない。

昭和三十九年大晦日　古川

北国の歳末はしんしんと冷える。

炬燵《こたつ》に当たりながら新聞を読んでいた良彦は、思わず小さく身震いした。囲炉裏や火鉢しかなかった子供の頃に比べれば、炬燵やストーブのある今は随分寒さもしのぎやすくなっているはずなのに、いつの間にか、雪の少ない東京での生活に身体が馴染んでしまっている。

この時期、古川はほとんど毎日鉛色の雪雲に閉ざされる。今も外は、雪が降り続いているのだろう。紙面から顔を上げ、良彦はつけっぱなしになっているテレビを眺めた。

モノクロの小さな画面の中で、双子の歌手ザ・ピーナッツが哀愁たっぷりに「ウナ・セラ・ディ東京」を歌っている。紅白歌合戦は既に終盤に差し掛かっているようだった。

テレビの正面の席では、母の寿子が背中を丸めて転寝《うたたね》をしている。妹の美津子の話によれば、囲炉裏を掘り炬燵に作り替えてから、母は床に入る前に、ここでうとうとすることが増えているらしかった。良彦は腕を伸ばし、ずれかかっている肩掛けを母の薄い背中にかけ直す。

この日、良彦は一人で古川に戻ってきた。

日本初の気動車特急列車となった当初は「はつかり、がっかり、事故ばっかり」などと新聞に書きたてられていたはつかり号だが、この特急列車のおかげで、里帰りは大分しやすくなった。

美津子は朝から、女子高時代の友人宅へ泊まりにいっている。喪中で二年参りにいけない分、気が置けない仲間たちとのお喋りで、新年を迎えるのだと言っていた。もっともそれは口実で、実際には母と良彦を二人きりにするために、気を利かせたのかもしれない。

良彦は部屋の隅に置いてある鞄に眼をやった。東京から持ってきた鞄の中には、父の帳面の束を入れた紙包みが入っている。

数日前、良彦は美津子に電話をかけ、日記をすべて読んだことを伝えた。それから、やはりこの日記は母にも見せるべきだと告げた。

その役目は、自分が果たすとも。

〝兄《あん》ちゃんがそう言うなら〟

妹の美津子は、電話口で一瞬口ごもった。

〝……んだども、良治兄《あん》ちゃんには言わねえでけろ〟

一度は処理を命じられた以上、長兄の顔を潰す訳にはいかないと思ったのだろう。分かっていると、良彦は請け合った。

母と二人だけでいると、この家は随分と広い。加えて、降り積もる雪が周囲の音を吸収するのか、驚くほど静かだ。都会の騒音になれている耳に、その静けさは幾分怖いくらいだった。

良彦は見るともなしにテレビを眺めながら、車の走行音が一晩中絶えない狭いアパートの一室にいる、妻の都《みやこ》のことを考えた。実家には帰らないと言っていたから、きっと今頃、都も一人で紅白を見ているのかもしれない。

北国の古い一軒家の底冷えのする寒さを考えると、都を東京へ置いてきたのはやはり正解だったと思う。

妻の最近の体調の悪さを見て、良彦が抱いた予感は当たっていた。

安定期に入るまで、まだ誰にも言わないでほしいと口止めをされていたが、都は妊娠八週目に入っていた。薄い腹部にはなんの変化も見られないけれど、もう心音も聞こえる。

都は現在悪阻《つわり》が酷く、ほとんど食事を口にすることができない。特に、ご飯が炊ける匂いが耐えられないのだそうだ。

そんな妻を一人にしておくのは心配だったが、元々都は一人で部屋にこもって静かに過ごすのを好むタイプだ。もしかしたら、却って羽を伸ばしているかもしれない。

とうとう、自分は〝東京っ子〟の父になる。

そう思った瞬間、我知らず笑みが漏れた。

東京っ子——。

久々に、そんなことを考えた。

ふと、旧友の幸太郎《こうたろう》の顔が浮かぶ。子供時代、〝東京っ子〟だった幸太郎から借りた少年雑誌を、良彦はよく仏間に隠れて深夜まで読みふけっていた。

あの頃は、将来東京で暮らせたら、どんなに素晴らしいだろうと夢想していた。夜なお明るい銀座や、賑やかな浅草に颯爽《さっそう》と登場する探偵の活躍に、胸を膨らませた。

実際に東京で生活するようになり、良彦は、自分と同じように都会に憧れて地方から上京してきた人間たちが汗まみれになって働くことで、東京という街が回っていることを知った。

東京で自分を待っていたのは、華麗な探偵稼業とは程遠い、泥臭くて忙しい町工場での日々だった。東京中にある中小企業の地道な勤労が、大都会東京、ひいては日本の経済を下支えしている。

それにしても、人が生きていくというのは本当に不思議なものだ。

古川で生まれ育った兄の良治も自分も、東京に職を求め、東京育ちの妻と家庭を持った。兄が暮らしているのは正確にいえば川崎だが、東北の人間からすれば、川崎も東京も変わりはない。兄の川崎暮らしは、既に古川にいた歳月より長くなっている。

高卒で上京した自分も、恐らく今後、古川に戻ることはないだろう。

一方、戦争中に東京から縁故疎開してきた幸太郎は、東京大空襲で家を焼かれ、最終的には両親とともにそのまま古川に居ついた。かつて〝東京っ子〟だった旧友は、子供のいない親戚の後を継ぎ、現在は鳴子《なるこ》温泉郷の宿屋の主人になっている。

幸太郎が経営する宿の宴会場で一年置きに開かれる国民学校の同窓会に、今では良彦のほうが〝東京もん〟の顔をして参加していた。

地元組と東京組に分かれて張り合っていた頃からは、想像もできない現実だ。

年月とともに、多くのものは移ろい変わりゆく。

以前、同窓会に参加した後、そのまま幸太郎の宿に泊まり、一緒に鳴子峡を歩いたときのことを、良彦は思い出した。

かつて山中で迷い込んだ老人のこけし小屋を探したいと思ったが、記憶を頼りにたどり着いた場所には、土産物屋を兼ねた近代的なこけしセンターが何軒も建っていた。

店先には、老人が妹の前で手ずから彩色してくれた素朴なこけしとは大分趣の異なる、いかにも大量生産されたらしい同じ顔のこけしが、大中小ずらりと並べられていた。

土産物屋のほかに茶屋などもできていて、若い女性観光客たちが甘いものを食べていた。

あまりに観光地化されていて、当時の面影はどこにもなかった。老人がいたこけし小屋は、ひょっとすると夢幻《ゆめまぼろし》ではなかったかとさえ思われた。

幸太郎と一緒に鳴子峡を訪ねたのも錦繍《きんしゅう》の季節だったが、幼い日、妹の手を引いて線路沿いを歩いていったとき以上の見事な紅葉を、良彦はついぞ見たことがない気がする。

現在は柵ができて、鳴子峡のトンネルに続く線路には下りられなくなっていた。

坊主、トンネルは、おっがねがったか――。

良彦は、今でも時折、あのときの老人の深い声を思い出すことがある。

トンネルを間近に見たことのなかった子供時代はもう遥かに遠いのに、その声音はなぜかいつも生々しい。

美津子は今でもあのこけしを持っているのだろうか。

振り分け髪。つぶらな瞳。おちょぼ口。

魔法のような筆さばきで、幼い妹の面影をこけしの白木に写し取っていた老人の姿が、昨日のことのように目蓋《まぶた》の裏に浮かぶ。

あの老人は、やはり錦繍の山に棲《す》む魑魅《すだま》ではなかったか。

「う、ん……」

良彦が詮無いことを考えていると、小さく身じろぎして母が眼を覚ました。

「お母《が》さん、寒ぐねが」

東京ではもうほとんど方言を使わないが、母相手だと、やっぱり子供のときのように言葉が訛る。

寿子は首を横に振ったが、良彦は炬燵から身を乗り出してガスストーブの火をつけた。

「寒ぐね」

テレビでは、ザ・ピーナッツの次に白組の坂本九《さかもときゅう》が「サヨナラ東京」を歌い始めている。寿子は炬燵の上に置いてあった眼鏡をかけると、白黒の画面をしばし眺めた。

その横顔を、良彦はそっと窺《うかが》う。

父の葬儀後、母はめっきり歳を取ったように見える。いつの間にか、一つに束ねた長い髪が真っ白になっていた。

「よっちゃん、お腹《なが》、空《す》がねか。年越し蕎麦《そば》でもゆでっか」

「蕎麦なんが、いいって」

眼を覚ますなり腰を浮かせようとする母を、良彦は押しとどめた。

毎年母は、帰郷する兄の家族や自分や、新年の挨拶にくる年寄り会や婦人会の人たちを迎えるために、年末から正月の間中、台所で立ち働いている。

こんなにのんびりと紅白歌合戦を見ることなど、もしかしたら初めてなのかもしれない。

「もうすぐトリだべ。喪中の年越しぐらい、お母さん《が》も、ゆっくりテレビでも見でたらいいべ」

「けんど……」

居心地の悪そうな母を、良彦は軽くにらんだ。

以前は、祖母の多嘉子に、父の良一に、そして今は、次男の自分にまで気を回そうとしている母の苦労性が、いささか歯《が》がゆかった。

「お母さんは、ちょっくら気ぃ遣いすぎちゃ。年が明けたら、すぐ四十九日の準備だべ。今ぐらいのんびりしてたほうが、お父《ど》さんも安心するちゃ」

「……だべな」

やがて良彦の言葉に納得したように、寿子が座椅子に寄りかかる。

二人が黙ると、「サヨナラ」「サヨナラ」と感傷的に繰り返す、坂本九の甘い歌声が茶の間に響いた。「ウナ・セラ・ディ東京」も、「サヨナラ東京」も、今年開催された東京オリンピックの〝祭りの後〟を象徴するような曲だ。

暗くなった競技場にSAYONARAの文字が浮かび上がった閉会式のことを、良彦は思い返した。

「そういえば、美津子が言ってたけど、お父《ど》さん、オリンピックの閉会式だけは最後まで見てたんだって？」

「ほでがしだな」

炬燵の上の蜜柑《みかん》を手に取りながら、寿子が頷く。

「あの閉会式は、良《い》がったでなすな。開会式とは違って」

寿子の独り言じみた言葉を、良彦は聞き逃さなかった。

〝開会式のときは、ちらりと見た途端、すごく不機嫌になって、昼寝しにいっちゃったのに〟

　喫茶店での美津子の声が脳裏に響く。

「お母《が》さん、なしてちゃ」

「なにがだべ」

「なして開会式は良《い》ぐねっちゃ」

　良彦の問いかけに、寿子は黙って蜜柑を剝《む》いた。

「あそこでの行進は……」

　長い沈黙の後、やがて寿子は重い口を開く。

「戦中のことを思い出すちゃ……」

　母の一言に、良彦はハッとした。

　そうか――。

　新聞でも、テレビでも、ほとんどの人が指摘していなかったけれど、開会式と閉会式が行われた国立競技場は、元は神宮競技場だった場所だ。改修と解体を経ているが、トラックのあった場所と大きさは変わっていない。

　母に言われるまですっかり忘れ去っていたが、良彦も国民学校に上がったばかりの頃、その灰色のニュース映画を見た記憶があった。

　出陣学徒壮行会。

　二十一年前の同じく十月、激しい雨が降りしきる中、制帽をかぶり、制服にゲートルを巻いた無数の若い学生たちが、銃を担いで行進していた。片や青天下の晴れがましいオリンピックの入場行進、片や暗雲垂れ込めるぬかるみの中の悲痛な出征。明暗という意味では、まったく相反する若者たちの行進に、しかし、父や母は、否応なく当時の記憶を甦らせたらしかった。

しかもその年は、父が罷免された年でもあった。

出陣学徒壮行会の直後、悲壮感に酔いしれている教え子たちに向かい、父は「日本はこの戦争に勝てる見込みがない」「未来のある諸君は、断じて戦争にいくべきではない」と告げて、教職を追われた。

あの時代に、父はよくそんなことを口にしたものだ。

〝一億一心〟が合言葉だった当時、憤慨こそすれ、父の言葉に賛同するものなど、誰もいなかったであろうに。

息子である、自分も含めて――。

苦い悔恨が、良彦の心にのぼる。

「戦争とオリンピックは違うべ」

蜜柑の房を口に入れ、寿子が呟くように言う。

戦争は一つも面白くなかったけれど、少なくとも自分にとって、オリンピックは面白かったと母は続けた。

「ルールがよぐ分がんねえ競技もあったけんど、それでも面白がったべ。一所懸命な人たちは、どこの国の人でも、みんな綺麗ちゃ。んだども……」

寿子の眼差しが遠くなる。

「生ぎで帰るなって言われで、勝でもしねえ戦場に送《おぐ》り出されだ若《わが》い人だちが一杯いだこと、ながったみでえになってんのが、お父《ど》さんは気に入らながったんだべな」

良彦も黙って蜜柑を手に取った。

多くの人にとって、オリンピックは戦後からの脱却を目指すものであったかもしれないが、あの戦争をそれほど簡単に過去にすることができない人たちもまた、大勢いるに違いない。

戦争で家族を失った人は、尚更《なおさら》――。

良彦の胸に、遠い日、短剣に触らせてくれた水野《みずの》さんの優しい面影が浮かぶ。

海軍飛行予科練習生だった水野さんは、少年時代の良彦の憧れだった。

真っ白な軍服に身を包み、一度だけ古川に戻ってきた水野さんは、あの後九州の鹿児島に配属された。そして、翌年の特攻作戦で南洋に赴き、帰らぬ人となった。

敗戦のわずか数か月前のことだった。

冷たい蜜柑を手にしたまま、良彦は瞑目する。

終戦後に知ったことだが、古川から近い王城寺原飛行場は、本土決戦に備えて、特攻隊が配備されることになっていたそうだ。

もし、もっと戦争が長引いていたら。もし、本当に予科練に入っていたら。

もし、本土決戦が行われていたら。

自分もまた、特攻隊員として、王城寺原から飛び立つことになっていたのだろうか。

「けんど、閉会式の行進は、良《い》がったべねや」

黙りこくっている良彦に、寿子が柔らかな声をかける。

「あれごそ、自由な行進ちゃあ」

母の言葉に、ハプニング的な流れになった閉会式のことを良彦も思い返す。

旗手の入場が一通り終わるや否や、突如、選手団が各国入り乱れて会場になだれ込んできた。

新聞によれば、これは運営側もまったく想定していなかった事態だったらしい。ひとつ前のローマ大会では、閉会式には旗手しか参加しなかった。だが、東京五輪では、わざわざ極東まで出向いてもらったこともあり、閉会式を選手たちの自由参加にしたのだそうだ。

ところが当日、予想をはるかに超える選手たちが参加したため、あっという間に列が乱れ、おまけに、最後尾を歩いていた日本の旗手に追いついてしまった。選手たちは日本の旗手を肩車し、わっせわっせと押し寄せて、やがてはトラック一杯に広がっていった。

父が居間に現れたのは、白いランニングシャツの黒人選手が、係員の制止を振り切ってグラウンドを駆け始めたあたりだったという。

陽気な黒人たちを中心に、整然とした行進が、熱気のある雑踏へと変わっていく様子を、父は嬉しそうに眺めていたそうだ。

「お父《ど》さんが最後にあの閉会式を見られだのは、良《い》いごとだったんでねえべか……」

独り言のようにそう言うと、母はそっと笑みを浮かべる。

滅茶苦茶なのに全員が楽しげで、規律がないのに誰も荒ぶることがなく、どこまでも解放的で快活な人の波。

それは整然とした開会式のときとは違い、確かに自由奔放な行進だった。

もしかしたら父はそこに、訓示などに縛られることなく、自分の意思と足で自由に乱れ歩く、新しい時代の若者たちの姿を見つけたのかもしれないと、良彦も考えた。

気がつくと、坂本九の歌が終わり、後はトリの美空《みそら》ひばりと、大トリの三波春夫《みなみはるお》を残すばかりになっていた。

美空ひばりは、神永《かみなが》とヘーシンクの大一番を彷彿《ほうふつ》とさせる「柔《やわら》」を、三波春夫は、映画『東京五輪音頭』にも使われていた「俵星玄蕃《たわらぼしげんば》」を披露するらしかった。

今年は本当に、オリンピック三昧《ざんまい》の年だった。

始まる前は、「なにがオリンピックだ」と斜《はす》に構える若者や、「時期尚早」と批判する向きもあったが、終わってみると、オリンピックは概《おおむ》ね好意的に受け入れられたようだった。「やはりオリンピックは、やってみてよかったようだ。富士山に登るのと同じで、一度は、やってみるべきだろう。ただし二度やるのはバカだ」と、新聞の論評で結んだ或る文学者の言葉が、良彦の胸にはすとんと落ちた。

　母と二人、蜜柑を食べながら、ブラウン管の小さなモノクロ画面を見つめる。

　美空ひばりの朗々とした歌声に耳を傾けていると、ふいに寿子が「ふふふ」と思い出し笑いをした。

「なんだべ、お母《が》さん」

「オリンピックっていえば、面白い話があったんだべ」

　最後の一房を口に入れ、寿子は肩を揺する。

「よっちゃんは、オリンピック投資って手ぇ出しだか」

「いんや」と、首を横に振れば、母は満足げに頷いた。

「やっぱ、よっちゃんは利口だ」

　必ず儲かると話題になっていたオリンピック関連株が、軒並み不調だったという話は良彦も聞いていたが、母によれば、この村でも似たようなことがあったらしい。

　オリンピックではたくさんの外国人が東京にやってきて大金を落とすという噂がまことしやかに囁かれ、幾人かの人たちは、少なからぬ投機を試みたという。ところが蓋をあけてみれば、実際に東京にやってきた外国人たちが大金を落とすことなどほとんどなかった。彼らもまた、自分たちとたいして変わらない、つつましやかな人々だったのだ。

　真っ先に噂に飛びついた井出のおんちゃんが、大量の食肉を余らせて、地元新聞の記事にまでなったらしい。

「うちのお父《ど》さんも変わんねえけんど、あのおんちゃんも、大概変わんねえべ」

少し意地の悪い口調でそう言うと、母は背中を丸めてくっくと笑った。

テレビでは、美空ひばりと交代に、三波春夫が舞台に立とうとしている。

紅組のトリの美空ひばりも、大トリを務めた白組の三波春夫も、一年の最後を飾るのにふさわしい、力のこもった素晴らしい歌唱を披露した。

勝敗は、十六対十一で、白組が優勝。昨年大差で負けた雪辱を晴らす結果となった。

藤山一郎《ふじやまいちろう》が指揮する「蛍の光」の大合唱が始まったとき、良彦は部屋の隅の鞄に手を伸ばした。

「お母《が》さん」

ぼんやりとテレビを眺めている寿子に、改めて声をかける。

「これ、お父《ど》さんの……」

良彦が鞄から取り出した紙包みを、寿子はじっと見つめた。

「みっこが掃除んとき見つけたっちゃ。お父《ど》さんの机の、抽斗の奥《おぐ》さ入ってたらしい。お父《ど》さんの東京での生活が書いである。お母《が》さんも、いっぺん、読んでけらいん」

母に向かい、良彦は紙包みを差し出す。

しばしの沈黙の後、寿子は静かにそれを受け取った。

母が紙包みをあけている間に、良彦は炬燵から立ち上がった。襖をあけ、廊下に出る。

暖気の届かない廊下は、しびれるほどに寒かった。良彦は両腕を抱き、黒光りする廊下を踏んで歩き出す。

仏間の襖をあけ、暗い部屋の中に入った。子供の頃からお馴染みの線香の匂いが漂う。冷たい部屋の中に、良彦の息が白くこぼれた。

やがて眼が慣れてくると、鴨居に並んだ先祖の遺影が、闇の中に浮かび上がった。

天狗を思わせる白髪の老人、洪庵《こうあん》の隣に、晩年の多嘉子がきりりと口元を引き締めて、良彦を見下ろしている。

〝こんの悪《おだ》ガキ《づもつこ》がぁっ！〟

子供の頃、何回も聞いた大音声が、遠く響いた気がした。

当時はただの鬼婆《おにばばあ》にしか思えなかった祖母は、今になって見ると、歳を取ってはいても、なかなかに品のある堂々とした女性だった。

簞笥の横には、多嘉子と園生の結婚式の写真が、昔と変わらずに置かれている。

紋付き袴姿の園生――じじ様――は、息子である良一の誕生を知らぬままに出奔した。長い間、行方不明とされていたじじ様の写真を、しかし、良彦は広原村の苫屋で見た。

今もそこで暮らしている喜勢子叔母は、じじ様の落とし子、つまりは父、良一の異母妹だ。

祖母が他界してからは、母もそれを隠すつもりはなかったようだが、喜勢子叔母自身が、断じて公言しようとしなかった。父の葬儀のときも、喜勢子は親族席に座らず、裏方の煮炊きに回っていた。相続等の問題を気にしていたせいかもしれない。

ところが、実のところ、父はたいして財産を残さなかった。蔵《くら》には代々伝わる値打ちのある骨董品がいくつも残っていたのに、それらをすべて人に言われるがまま、父が安値で売り払ってしまったと、兄が後々嘆いていた。

それでも喜勢子叔母は、元小作人という立場を頑《かたく》なまでに崩さなかった。婿を奪われた多嘉子への気兼ねなのか、父の顔を知らずに育った良一への遠慮なのか、本当のところは、良彦には分からない。ただ、戦中戦後から今に至るまで、喜勢子夫妻が影のように自分たち家族を支え続けてくれていたことをひしひしと感じるだけだ。

多嘉子と園生の写真から視線を離し、良彦は今度は仏壇に眼をやった。

仏壇には、父の若い頃の自画像が飾られている。

長く神経症を患っていた父の良一には、遺影となる写真がなかった。

葬儀では、東京に赴任する前に、父が母のために残したという、この油絵の自画像が使用された。残念ながら、良彦たち兄弟妹《きょうだい》は誰も父の美術の才能を引き継がなかったが、書物や絵画が好きな妻の都は、この絵を「素晴らしい」と、何度もほめてくれた。

カンバスの中から、一人の実直そうな男性がじっとこちらを見ている。

お父《ど》さん……。

今の自分と変わらない年代の父に、良彦は心で語りかけた。

あの日記を母に読ませて、よかったのだろうか。

極度の煩悶苦悩のため、心身まったく力を失い、少しも精神の統一がない。自分の運命は、自殺か廃人か、其れよりほかにない気がする——。

それが、父の一番古い日記帳に書かれていた最初の文面だ。その後も、父はなにかにつけて、自死への強い渇望を綴っている。

一番古い「自由日記」から始まるすべての帳面を、良彦は東京のアパートで最後まで読み通した。そこに記されていたのは、これまでまったく知らなかった父の姿だった。

関東大震災のときに、朝鮮半島出身の人たちに理不尽な迫害があったこと。

父が方言を口にしたため、自警団の人たちに取り押さえられそうになったこと。

父の眼の前で、若い朝鮮半島出身の人が、凄惨なリンチに遭ったこと。

罪のない異邦の人を手にかけていたのが、市井の人たちであったこと——。

読んでいて、手が震えた。

こうした恐ろしい記憶と結びついていたから、父は自分たち家族の前でも方言を口にしようとしなかったのだろう。

父を気取った〝東京もん〟だと勝手に決めつけていた少年時代の自分には、想像もつかない痛ましい現実が、震災後の東京にはあったのだ。

その後、父は足元に見える幻覚に悩まされるようになり、誰にも告げず、高名な精神療法の医師の自宅に入院した。

なにもかも、初めて知ることばかりだった。

そこから続く治療の記録でも、父は悩み、苦しみ、たびたび自死を願っていた。

方法はない――。

どんなに取り繕《つくろ》っていても、一皮剝けば、人の心は醜くあさましい。

恐怖心の前では、学問も、芸術も、修練も、なんの役にも立たない。

世の中は、まったく暗黒に包まれている。ここから逃れるには、自ら命を絶つ以外に方法はない――。

そんな言葉ばかりが、繰り返し綴られている。

父の絶望はこんなにも深く、見ていた世界はこんなにも暗澹たるものだったのか。

自分よりも父との思い出が多い兄の良治は、こうした父の本音と過去が詳《つまび》らかになることが、耐えられなかったのだろう。

だから、妹の美津子に処分するように命じたのだ。

長年の伴侶である母が眼にすれば、一層苦しむだろうという配慮もあったに違いない。

ふと、子供の頃、父から天体望遠鏡で月を見せられたときのことが、脳裏をかすめる。

黒い染みやぼつぼつとしたあばたを浮かばせた月の実態を、良彦は見たくないと思った。

真実を見るのは、おっかない。

見なくて済むなら、眼をそらしていたほうがいい。

けれど、それでは、いつまでたっても本当のことは分からない。

だけど――。

年老いた母の横顔が浮かび、良彦は自問した。

兄の配慮を無駄にしてまで、母にあの日記を読ませる必要が、果たして本当にあった

じっと見ている。

鴨居の洪庵が、多嘉子が、箪笥の横の園生が、仏壇の若い頃の良一の肖像が、自分をじっと見ている。

お前とて、なにも知らずに、父を「非国民」と恥じたではないか――。

そう言われている気がした。

視線から逃げるように、良彦は仏間を出た。

そのまま寝室に向かうはずが、気がつくと父の書斎の前にきていた。この廊下の縁《へり》に正座し、書斎に閉じこもっている父に朝晩挨拶していた少年時代が、昨日のように鮮やかに甦る。

襖をあけると、今も文机に向かう父の背中があるような気がした。

白い息を吐き、良彦はおもむろに襖に手をかける。ゆっくりと引きあければ、整頓された父の書斎が現れた。

電気をつけ、誰もいない書斎に足を踏み入れる。

子供の頃、随分広く感じたその部屋は、入ってみると意外なほど狭かった。

文机の上には、父が生前つけていた帳簿が置かれ、すぐ傍の壁には天体望遠鏡が立てかけられている。本棚には、生前と同じく、書物がぎっしりと詰まっていた。中でも、吉野作造の民本主義に関する本と、天体の図鑑が眼を引いた。

良彦は文机の前に座り、帳簿を手に取ってみる。ぱらぱらとページをめくれば、日記と同じく、ブルーブラックの几帳面な文字が眼に入った。

収支の欄外に、父は箇条書きで日々の出来事を記している。

昭和二十四年一月元旦。早朝より、風、雨。気温上昇。未だ積雪少しも見られず。このようなことは、当地としては初めてのことである。

一月六日。昨日より降り続く雪は、既に二尺余りに及ぶ。積雪は一気に来たり。にわかに大雪となる――。

東京で綴られていた苦悩に満ち満ちた日記と違い、古川のこの部屋で書かれた父の言葉はとてもシンプルだ。

天気のこと以外では、農作業の工程が記されている。

木の根掘り。堆肥《たいひ》積み。除草。馬鈴薯《ばれいしょ》の種まき。水田への石灰散布。玉蜀黍《とうもろこし》の脱穀。小豆のあく抜き――。

箇条書きで記される日常に、父の感情や感想は一つもない。

しかしそこには、役場で働くことこそできないながら、まめまめしく農作業や家事に勤《いそ》しむ父の姿がありありと浮かび上がった。

時折、家族も登場する。

自分は、本やら、万年筆やら、運動靴やら、随分色々なものを父にねだっていたようだ。

どんなものだったかさっぱり覚えがないが、母と妹と一緒に、グランドフェアーなるものを仙台に見学にいったこともあるらしい。

いつしか良彦は、寒さも忘れて、無心に帳簿を読みふけっていた。

電気料、九十四円。水道費、五十円。ラジオ聴取料、百五円。木炭一俵、百七十円——。

終戦直後の物資不足を覚えているだけに、当時の物価にも興味を覚えた。

あまりに夢中になって読んでいたため、背後の襖があいたことさえ気づかなかった。

「なんだべ、よっちゃんか」

突如響いた寿子の声に、良彦は帳簿を取り落としそうになる。

振り向くと、やはり驚いた顔をした母が、書斎の入口に立っていた。

「お父《ど》さんが、いるのがと思った」

後ろ姿が父にそっくりだったと、母は大きく息をつく。

「冥土《めいど》からお父《ど》さんが戻ってぎたのかと思って、たまげだべ」

良彦は、日記の束を手にしている母を見返した。

「お母《が》さん、読んだべか」

寿子が頷く。

母の反応が怖くて、良彦は視線を伏せた。

なぜ父は、東京での単身赴任の日々を誰にも打ち明けなかったのだろう。「死にたい」と繰り返す父の苦悩の中に、自分たち家族の姿は微塵《みじん》もなかったのか。

世の中どころか、家族への関心も薄い――。父がオリンピックを見ていなかったと美津子が話したとき、そう感じたことを思い出す。

結局のところ、父は自分たち家族を信用していなかったのだろうか。

「これもお父《ど》さんだろうけんど……」

寿子が父の日記を掲げた。

「それもお父《ど》さんだべ」

いたって平静な表情で、寿子は良彦が手にしている帳簿を指さす。

「え……」

母の言わんとしていることがとっさには呑み込めず、良彦は戸惑った。

「一人で死にだがってだのもお父《ど》さんだろうけんど、毎日、毎日、きちんと帳簿つげて、私《わだす》らのために備えでくれでだのもお父《ど》さんだべ」

良彦の眼を見つめ、寿子がきっぱりと言う。

「両方、本当《ほんど》のお父《ど》さんだ」

母の言葉に、良彦はハッと息を呑んだ。

その口調には、最後まで父と夫婦として暮らした母の自信のようなものが滲《にじ》んでいた。

良彦の両眼から、ぱらりと鱗《うろこ》が剝がれ落ちる。

東京での日記と、古川での帳簿は、二つで一つだ。

どちらかだけが真実で、どちらかだけが偽りだった訳ではない。

「お父《ど》さんは死なずに、ちゃんと戻ってきた。真面目に生きて、真面目に寿命を全《まっと》うした。お母《が》さんは、それで充分だべ」

苦労性で大人しいとばかり思っていた母の、意外な矜持《きょうじ》が言葉の端々に滲んでいる。

「それにな、よっちゃん」

書斎に入ってきた母が、良彦の前で畳に膝をついた。

「お父《ど》さんに限らず、この世の中を生ぎでいぐのは、ご苦労さんなこどでねでがしょか」

柔らかいけれど、しっかりとした眼差しが良彦に注がれる。

一刹那《いっせつな》、良彦の脳裏に、様々な人の顔が浮かんだ。

戊辰戦争の前線で命がけで戦うも、一枚岩になれない仙台藩政に振り回され、自暴自棄になった曾祖父《そうそふ》、洪庵。

洪庵死後、婿に迎えた園生に逐電《ちくでん》され、たった一人で家の再建と息子の教育に奮闘した祖母、多嘉子。

かつての想い人と駆け落ちしたものの、慣れない炭焼き暮らしがたたり、四十になる前に流行り病に倒れたという祖父、園生。

園生の死後、多嘉子の手引きで広原村に移り住み、以後、宿命のようにその恩義に応えようとする叔母、喜勢子。

そして、戦中は「非国民」、戦後も「神経症」を患い続けた父を最後まで支えた母——。


誰の人生をとってみても、決して一筋縄ではいかない。

今後の自分とて、例外ではないだろう。

子供が生まれるのは、勿論嬉しい。けれど、それと同じだけ、重責を感じる。

かつて、大人になったらすべての謎が解けるのだろうかと考えたことがあったが、決してそんなことはない。とうに大人になったはずなのに、漠々《ばくばく》とした先の見えないトンネルの前に立っているような心持ちに襲われることが多々ある。

世の中は、少年時代と変わらず、不確かで理不尽なもので一杯だ。

だが、良彦はそれ以外のものも確かに見てきた。

相好を崩し、泥鰌汁に舌鼓を打つ祖母。

天体望遠鏡を覗き、饒舌《じょうぜつ》に宇宙の話をする父。

実の姉妹のように笑い合いながら、お茶を飲む母と喜勢子叔母——。

その家族の姿に嘘はない。

苦楽もまた、二つで一つだ。

自分もこの先、生きていく喜びと、それに伴う苦しみを、同じ分だけ引き受けていくことになるのだろう。

どれだけ凡庸に見えようと、ただ穏やかなだけの日々はない。

誰もが、尋常ならざる不確かな日々の中、先の見えない道を模索していくしかないのだ。

そう考えた瞬間、茫々とした闇の前に立つ父の姿が目蓋に浮かんだ。逆光で見えなかったその顔が、徐々に明らかになってくる。

カンバスの中の、自分と同世代の父がそこに居た。

「お母《が》さん、その日記、俺がもらってもいいべか」

気づくと良彦は、そう口にしていた。

母が黙って日記の束を差し出す。受け取ったとき、良彦は心に決めた。

この先もずっと、父の苦悩を忘れずにいようと。

少年時代、父を「非国民」だと恥じた過去は決して消えない。

戦争が終わって尚、父は依然として、神経症を克服することはできなかった。

自分たちの間の溝は、最後まで埋まることはなかった。

それでも——。

実の父が自死を希求する日記を読むのはつらかったけれど、泰然とした母の言葉を聞くうちに、良彦はまた、少し違った感慨を抱くようになった。

この日記に記されているのは、ただの恨みつらみではない。

幻覚に悩み苦しみながらも、教師として、親として、懸命に道を探ろうとしていた一人の男性が真面目に誠実に生きてきた証《あかし》だ。自死への希求に打ち克《か》ち、「ご苦労な人生」を全うした父は、決して情けなくなんかない。

「大事にする」

呟いたとき、父が背にした真っ黒な隧道《ずいどう》が、見る見るうちに鮮やかな錦繍《きんしゅう》に包まれて
いくような気がした。

「そうしてけろ。お父《ど》さんも喜ぶちゃ」

頷く母の眼が、いつの間にか赤く潤んでいた。

祭りのぼんぼりのような彩りに飾られた闇の向こうへ、父が消えていく。

お疲れ様でがした――。

日記を手に、良彦は小さくなっていく父の後ろ姿に頭を下げた。

そのとき、表から、鐘の音が響いてきた。

最近では、除夜の鐘が終わっても、二年参りの参拝者がつく鐘が明け方まで聞こえる。

良彦は立ち上がり、書斎の雨戸をあけてみた。低い鐘の音色とともに、刺すような冷
気が部屋に流れ込む。既に雪はやんでいて、空には満天の星が出ていた。

以前父は、この眼に映る星影はすべて光年の彼方の幻なのだと話してくれた。

幻の星影は、しかし、手が届きそうなほど生々しい。

星明かりに照らされて、子供の頃、柿の木伝いに上っていた屋根が見える。

初めて敵機が古川にやってきたとき、自分は訳も分からず屋根の上で空中戦を眺めていた。父はここからそれに気づき、庭に飛び出してきてくれたのだろう。

〝なにしてるがぁっ！　早ぐ、下りろぉおおおっ！〟

つんざくような怒声が、耳朶の奥に甦る。

青白い〝インテリゲンチャ〟だった父が裸足で庭に飛び出し、火事場の馬鹿力を発揮して、自分を土間に引きずり込んだ。

決して家族への関心が薄かった訳ではない。父は父なりに、母や祖母や自分たち兄弟妹《きょうだい》を愛していたのだろう。

良彦は、父の日記の束を抱え直す。

この先、万一、絶望するようなことが起きたとしても、父の苦しみの軌跡が、暗闇に冴え冴えと光る北辰《ほくしん》のように、自分を導いてくれることがあるやもしれない。

その星影は、きっと幻なんかじゃない。

闇が深ければ深いほど、強くさやかに輝く。

お父《ど》さん、俺ももうすぐ、お父《ど》さんになるよ――。

蒼穹に浮かぶ五輪の雲を見たとき、良彦は、この国が新しい時代を迎えたと感じた。

新しい時代に生まれる命には、もう二度と、なにも知らない子供が、真面目に誠実に生きている父親を〝非国民〟と恥じるような世の中を繰り返してほしくない。

そのためにも、父が見守った東京オリンピックの閉会式の行進のように、自らの意思と足で、自分の道を歩いていきたい。

お父《ど》さん、見ててけらいん。

良彦は寿子と並び、白い息を吐きながら、夜空を振り仰いだ。

布団のような雪をかぶった田んぼの上に、細い有明月《ありあけ》が昇り始めている。身を切るような寒気の中、どこまでも広がる一面の銀世界。

もう一つ、鐘の音が響く。

かつて敵機がやってきた空に、今はただ、無数の星々がさんざめいていた。

主要参考文献

畑野文夫『森田療法の誕生　森田正馬の生涯と業績』（三恵社、二〇一六年）
吉野作造『憲政の本義　吉野作造デモクラシー論集』（中公文庫、二〇一六年）
太田哲男『人と思想196　吉野作造』（清水書院、二〇一八年）
田澤晴子『吉野作造　人世に逆境はない』（ミネルヴァ書房、二〇〇六年）
『大判カラー写真で蘇る昭和30年代　東京』（宝島社、二〇二〇年）
読売新聞昭和時代プロジェクト『昭和時代　三十年代』（中央公論新社、二〇一二年）
講談社編『東京オリンピック　文学者の見た世紀の祭典』（講談社文芸文庫、二〇一四年）
菊田一夫原作、斉藤良輔脚色『鐘の鳴る丘　トーキーシナリオ』（東京書肆、一九四八年）
芥川龍之介『河童・或阿呆の一生』（新潮文庫、一九六八年）

解説

中島京子

しん、とした気持ちで読み終わった。

ああ、そういうことはあったに違いない、と思った。

わたしや作者の古内一絵さんが子どものころ、大人たちはほぼ全員、戦争の生き残りだった。

戦争に行ったか行かなかったか。男だったか女だったか。戦争当時何歳だったか。都会にいたか田舎にいたか。内地と外地とどちらにいたか。軍人だったか、徴兵された兵士だったか。軍隊でのランクはどうだったか。どこに派遣された部隊だったか。子どもだったとして親の職業はなんだったか。そうした細かい違いが、個々人の「戦争体験」を千差万別なものにしていたが、それでも、二十代くらいのお兄さん・お姉さんを別にすれば、大人はみんなあの大戦を生き延びていた。

だから、いまよりも、戦争体験は身近にあった。

とくに八月は新聞もテレビも学校図書館も、戦争体験談でいっぱいになった。戦時中や戦後の食糧難の飢餓体験が語られ、原爆が語られ、空襲が語られ、軍隊でのいじめや暴力が語られ、小さな軍隊のようになってしまった学校教育の息苦しさが語られた。戦争中の加害体験より被害体験のほうが多く語られはしたものの、学校で八月の登校日に聞かされる話は、恐ろしいものばかりだった。

そうした体験を語った人たちの多くが鬼籍に入り、もう生きている人で戦争を知っている人は八十代、という時代になった。そんなころになって、わたしは、それこそ大勢の人が、じつはなにも語らずに亡くなっていることに気づき始めた。それこそ加害体験は墓場まで持って行った人のほうがたくさんいたのだろう。戦場での体験によるPTSDの話を聞くようになったのはごく最近のことだ。ほんとうは一つでも多くの体験を聞いておくべきなのだろう。でも、もうすぐ、戦争を知っている人は、いなくなる。

この小説は、古内さんのお父さんと、お祖父さんの実話を元にして書かれたものなのだという。フィクションの背景にある事実の重みが、静かな描写に説得力を与えているのだと思った。

小説に流れる時間は、戦中と戦後、そして少し時間を隔てて東京オリンピックのあった年になる。宮城県の農村が舞台で、近くに軍事目標もないらしい地方の「戦中」は、終戦の前の年であっても、比較的穏やかな日々として描写される。B29は飛ばないし焼夷弾も降らない。たった一回の、敵機による機銃掃射が印象的に描かれるが、その他は、国民学校の記述に戦時らしさがあるくらいだ。

昭和十九年の描写の中でも印象的なのは、章タイトルにもなっている秋の山の美しさ。「カエデの紅、ミズナラの黄金、ブナの橙、アカシデの朱、コシアブラの白銀――」、「山一杯に、祭りのぼんぼりが灯っているよう」と描かれる山の錦は、いまも変わらず美しいのだろうか。主人公の良彦《よしひこ》は、その夢のように美しい秋の山の只中を走る線路の向こうに、真っ黒に口を開けるトンネルを見てたじろぐのだが。

終戦二年後に描かれるのは、田んぼにのたうつ泥鰌《どじよう》だ。戦後の農地改革の影響で荒れてしまった土地の姿に言及されるものの、元気のいい良彦が、誰に教わるでもなく大量に捕獲し、家族の食卓に供する泥鰌は、やはり強い生命力を感じさせる。そのさらに三年後の章タイトルになっているのは薯蕷《とろろ》だが、考えてみれば泥鰌も薯蕷も、そして秋のきらびやかな山も、自然というものの強さの象徴ともいえる。人が愚かしい戦争に振り回されていても、変わらずそこにあり、傷ついた者たちに力を与えるのは、そうした自然の強さなのだろう。

それ以外に、際立って印象的なのは、女ながらにして一家の長であった多嘉子《たかこ》の野辺送りの場面だった。前日の準備から始まって、白装束に三角布、鉦《かね》と撞木《しゆもく》、北風に葬儀旗がはためき雪が降りしきる中を、粛々と葬儀の列が進む。「墨絵のような眺め」のその光景は、脳裏に美しく刻まれて離れない。

東京オリンピックの年の逸話に挟まれた、この戦中戦後の家族の物語は、昭和十九年、二十二年が良彦の視点、二十五年が良彦の母・寿子《ひさこ》の視点、そして二十六年が良彦の父・良一《りょういち》の視点から紡がれる。東京で中学の教師をしていたのに、生徒たちに「この戦争に日本は勝てる見込みがない。だから、未来のある諸君は、断じて戦争にいくべきではない」と言ってしまって、それが原因で職を失い、故郷に帰ったという良一。「神経症」を患い、「非国民」と呼ばれもした良一が、なぜそうした行動に出たのか、その謎が明かされるミステリーとしても、読み応えのある小説となっている。

しかし、丁寧に描かれる農村の日々の核となっているのは、むしろ良一の母・多嘉子や、祖父・洪庵《こうあん》のエピソードであるところがおもしろい。話は幕末や明治の初めにさかのぼっていく。

たしかに、戦時中を高齢で生きた人々にとっては、幕末はそんなに遠い時代ではなかったはずだ。二〇二四年から見れば第二次大戦終結の一九四五年は七十九年前だが、一九四五年の七十九年前は一八六六年で、明治維新まであと二年だと考えるとちょっとびっくりする。それは当時の子どもにとって、親や祖父母が生きた時代そのものなのである。

良彦にとっては、おっかなくうるさい婆さんでしかない多嘉子が、戦時中もどこか達観した態度を保ち、息子が「非国民」と後ろ指をさされても動じないのは、幕末の戦争に嫌というほど翻弄された父・洪庵の姿を、そして戦の本質を、その目で見てきたからなのだった。

こうしてみると、『星影さやかに』の登場人物たちは、多嘉子を始め、高慢な姑《しゅうとめ》によく仕えた嫁の寿子も、喜勢子《きせこ》とその夫も、良彦も美津子《みつこ》も、奥州の自然のように強い人々であると感じられる。それは血筋なのかもしれないし、豊かでありつつ厳しくもある自然と対峙しながら生きてきた人たちの持つ、芯の強さなのかもしれない。

そんな中にあって、ひとり良一だけが、病んでいる。「神経症」を患い、希死念慮《きしねんりょ》に脅かされている。

でもそれは、果たして彼の弱さなのだろうか。

良一が病むきっかけとなったエピソードを読んだとき、戦慄《せんりつ》した。もちろん、その具体的なエピソードそのものに震撼させられたのだが、同時に、いつだったか資料を漁っているときに見つけた、昭和二十一年の『文藝春秋』に掲載された徳永直《とくながすなお》の文章「追憶」を思い出したからだ。社会主義者だった徳永が、戦後ようやく、検閲に怯《おび》えることなく書くことのできた随筆だった。そこには、関東大震災直後の、朝鮮人が襲ってくるという噂がどのように伝播したか、そしてそれがどのようにデマだとわかったかが、克明に書かれていて、しかしそれは「まる廿三年が経つて」しまわなければ書けなかったことだと記されている。つまり、関東大震災から終戦までは、徳永直にとってひと続きだったのだ。真実が隠蔽されるという意味で。朝鮮人や社会主義者がいわれもなく殺される世の中になったという意味においても。戦争はまさしくその延長にあった。戦争では真実が隠される。真実を口にした者には重い制裁が科される。

良一の、関東大震災での経験は凄まじい。それはもう一夜にして人間が一変してしまうほどの体験だっただろうと想像される。良一はそれを抱えて戦争の時代を生き、戦後もそれを引きずった。「神経症」という形で。彼は戦地には行かなかったが、従軍し復員した人の多くが抱えたというPTSDに似たものを、背負うことになったんだろう。

そしてその彼の「神経症」が、彼に真実を告げさせた。「この戦争は勝てる見込みがない」。断じて戦争にいくべきではない」。そんなことを、誰も口にできなかった時代に、良一に真実を語らせてしまったのは、「神経症」そのものだ。だとするならば、患ってしまったのは彼の弱さだろうか。真実を口にする者が病まざるを得ない時代に病んだのは、あるいは、一種の強さともいえるのではないだろうか。

戦後はもうすぐ八十年を迎える。

すごいことだ。終戦の年に生まれた人が八十歳になってしまう。

冒頭にも書いたが、戦争体験のある人がいなくなってしまう。

古内一絵さんはきっと、そういう状況の中で、残しておくべき物語を見つけたのだと思う。そして、丁寧に取材して、物語として紡ぎあげたのだと思う。

この小説が書かれてよかった。

しん、とした気持ちで読み終わって、そう思った。

（小説家）

初出「オール讀物」（括弧内は初出タイトル）
第一話　錦秋のトンネル　昭和十九年（「錦繡隧道」）二〇一八年十月号
第二話　泥鰌とり　昭和二十二年（「泥鰌」）二〇一九年七月号
第三話　良人の薯蕷　昭和二十五年（「薯蕷」）二〇一九年十一月号
第四話　御真影　昭和二十六年　二〇二〇年二月号
「昭和三十九年　東京」「昭和三十九年大晦日　古川」は単行本のための書き下ろしです。

単行本　二〇二一年六月　文藝春秋刊

DTP制作　エヴリ・シンク

文春文庫

星影《ほしかげ》さやかに

定価はカバーに
表示してあります

2024年7月10日　第1刷

著　者　古内一絵《ふるうちかずえ》
発行者　大沼貴之
発行所　株式会社 文藝春秋

東京都千代田区紀尾井町 3-23　〒102-8008
TEL　03・3265・1211(代)
文藝春秋ホームページ　http://www.bunshun.co.jp

落丁、乱丁本は、お手数ですが小社製作部宛お送り下さい。送料小社負担でお取替致します。

印刷製本・TOPPANクロレ

Printed in Japan
ISBN978-4-16-792250-4

（　）内は解説者。品切の節はご容赦下さい。

赤川次郎
赤川次郎クラシックス
幽霊列車

山間の温泉町へ向う列車から八人の乗客が蒸発。中年警部・宇野は推理マニアの女子大生・永井夕子と謎を追う――。オール讀物推理小説新人賞受賞作を含む記念碑的作品集。（山前　譲）

あ-1-39

有吉佐和子
青い壺

無名の陶芸家が生んだ青磁の壺が売られ贈られ盗まれ、十余年後に作者と再会した時――。壺が映し出した人間の有為転変を鮮やかに描き出した有吉文学の名作、復刊！（平松洋子）

あ-3-5

芥川龍之介
羅生門《らしょうもん》 蜘蛛《くも》の糸《いと》 杜子春《とししゅん》 外十八篇

昭和、平成とあまたの作家が登場したが、この天才を越えた者がいただろうか？　近代知性の極に荒廃を見た作家の、光芒を放つ珠玉集。日本人の心の遺産「現代日本文学館」その二。

あ-29-1

浅田次郎　編
見上げれば 星は天に満ちて
心に残る物語――日本文学秀作選

鷗外、谷崎、八雲、井上靖、梅崎春生、山本周五郎……。物語はあらゆる日常の苦しみを忘れさせるほど、面白くなければならないという浅田次郎氏が厳選した十三篇。輝く物語をお届けする。

あ-39-5

朝井リョウ
武道館

【正しい選択】なんて、この世にない。「武道館ライブ」という合言葉のもとに活動する少女たちが最終的に〝自分の頭で〟選んだ道とは――。大きな夢に向かう姿を描く。（つんく♂）

あ-68-2

朝井リョウ
ままならないから私とあなた

平凡だが心優しい雪子の友人、薫は天才少女と呼ばれる。成長に従い、二人の価値観は次第に離れていき、決定的な対立が訪れるが……。一章分加筆の表題作ほか一篇収録。（小出祐介）

あ-68-3

阿部和重
オーガ（ニ）ズム（上下）

ある夜、瀕死の男が阿部和重の自宅に転がり込んだ。その男の正体はCIAケースオフィサー。核テロの陰謀を阻止すべく、作家たちは新都・神町へ。破格のロードノベル！（柳楽　馨）

あ-72-2

彩瀬まる
くちなし
別れた男の片腕と暮らす女。運命で結ばれた恋人同士に見える花。幻想的な世界がリアルに浮かび上がる繊細で鮮烈な短篇集。直木賞候補作・第五回高校生直木賞受賞作。（千早　茜）
あ-82-1

朝比奈あすか
人間タワー
毎年6年生が挑んできた運動会の花形「人間タワー」。その是非をめぐり、教師・児童・親が繰り広げるノンストップ群像劇。無数の思惑が交錯し、胸を打つ結末が訪れる！（宮崎吾朗）
あ-84-1

五木寛之
蒼ざめた馬を見よ
ソ連の作家が書いた体制批判の小説を巡る恐るべき陰謀。直木賞受賞の表題作を初め、「赤い広場の女」「バルカンの星の下に」「夜の斧」など初期の傑作全五篇を収録した短篇集。（山内亮史）
い-1-33

井上　靖
おろしや国酔夢譚
船が難破し、アリューシャン列島に漂着した光太夫ら。厳寒のシベリアを渡り、ロシア皇帝に謁見、十年の月日の後に帰国できたのは、ただのふたりだけ。映画化された傑作。（江藤　淳）
い-2-31

井上ひさし
四十一番の少年
辛い境遇から這い上がろうと焦る少年が恐ろしい事件を招く表題作ほか、養護施設で暮らす子供の切ない夢と残酷な現実が胸に迫る珠玉の三篇。自伝的名作。（百目鬼恭三郎・長部日出雄）
い-3-30

色川武大
怪しい来客簿
日常生活の狭間にかいま見る妖しの世界――独自の感性と性癖、幻想が醸しだす類いなき宇宙を清冽な文体で描きだした、泉鏡花文学賞受賞の世評高き連作短篇集。（長部日出雄）
い-9-4

色川武大
離婚
納得ずくで離婚したのに、なぜか元女房のアパートに住み着いてしまって。男と女の不思議な愛と倦怠の世界を、味わい深い筆致とほろ苦いユーモアで描く第79回直木賞受賞作。（尾崎秀樹）
い-9-7

（　）内は解説者。品切の節はご容赦下さい。

伊集院　静
受け月
願いごとがこぼれずに叶う月か……。高校野球で鬼監督と呼ばれた男が、引退の日、空を見上げていた。表題作他、選考委員に絶賛された「切子皿」など全七篇。直木賞受賞作。（長部日出雄）
い-26-4

伊集院　静
羊の目
男の名はサイレントマン。神に祈りを捧げる殺人者――。戦後の闇社会を震撼させたヤクザの、哀しくも一途な生涯を描き、なお清々しい余韻を残す長篇大河小説。（西木正明）
い-26-15

池澤夏樹
南の島のティオ　増補版
ときどき不思議なことが起きる南の島で、つつましくも心豊かに成長する少年ティオ。小学館文学賞を受賞した連作短篇集に「海の向こうに帰った兵士たち」を加えた増補版。（神沢利子）
い-30-2

絲山《いとやま》秋子
沖で待つ
同期入社の太っちゃんが死んだ。私は約束を果たすべく、彼の部屋にしのびこむ。恋愛ではない男女の友情と信頼を描く芥川賞受賞の表題作。「勤労感謝の日」ほか一篇を併録。（夏川けい子）
い-62-2

井上荒野
あなたならどうする
「ジョニィへの伝言」「時の過ぎゆくままに」「東京砂漠」――昭和の歌謡曲の詞にインスパイアされた、視点の鋭さが冴える九篇。恋も愛も裏切りも、全てがここにある。（江國香織）
い-67-6

伊坂幸太郎
死神の精度
俺が仕事をするといつも降るんだ――七日間の調査の後その人間の生死を決める死神たちは音楽を愛し大抵は死を選ぶ。クールでちょっとズレてる死神が見た六つの人生。（沼野充義）
い-70-1

伊坂幸太郎
死神の浮力
娘を殺された山野辺夫妻は、無罪判決を受けた犯人への復讐を計画していた。そこへ人間の死の可否を判定する〝死神〟の千葉がやってきて、彼らと共に犯人を追うが――。（円堂都司昭）
い-70-2

阿部和重・伊坂幸太郎
キャプテンサンダーボルト（上下）
大陰謀に巻き込まれた小学校以来の友人コンビ。不死身のテロリストと警察から逃げきり、世界を救え！　人気作家二人がタッグを組んで生まれた徹夜必至のエンタメ大作。（佐々木　敦）
い-70-51

伊吹有喜
雲を紡ぐ
不登校になった高校2年の美緒は、盛岡の祖父の元へ向う。羊毛を手仕事で染め紡ぐ作業を手伝ううち内面に変化が訪れる。親子三代「心の糸」の物語。スピンオフ短編収録。（北上次郎）
い-102-2

岩井俊二
番犬は庭を守る
原発が爆発し臨界状態となった国で生れたウマソー。成長しても生殖器が大きくならない彼に次々襲いかかる不運、悲劇、やがて見出す希望の光。無類に面白い傑作長篇。（金原瑞人）
い-103-3

内田春菊
ダンシング・マザー
戦前に久留米で生まれた逸子。華麗な衣装を縫い上げて、ダンスホールの華になるが、結婚を機に運命は暗転。情夫の娘への性虐待を黙認するに至った女の悲しき半生の物語。（内田紅甘）
う-6-17

内田英治
ミッドナイトスワン
トランスジェンダーの凪沙は、育児放棄にあっていた少女・一果を預かることになる。孤独に生きてきた凪沙に、次第に母性が芽生えていく。切なくも美しい現代の愛を描く、奇跡の物語。
う-37-1

江國香織
赤い長靴
二人なのに一人ぼっち。江國マジックが描き尽くす結婚という不思議な風景。何かが起こる予感をはらみつつ、怖いほど美しい十四の物語が展開する。絶品の連作短篇小説集。（青木淳悟）
え-10-1

江國香織・小川洋子・川上弘美・桐野夏生
小池真理子・髙樹のぶ子・髙村　薫・林　真理子
甘い罠
8つの短篇小説集
江國香織、小川洋子、川上弘美、桐野夏生、小池真理子、髙樹のぶ子、髙村薫、林真理子という当代一の作家たちの逸品だけを収めたアンソロジー。とてつもなく甘美で、けっこう怖い。
え-10-2

（　）内は解説者。品切の節はご容赦下さい。

半藤一利
ノモンハンの夏
参謀本部作戦課、関東軍作戦課。このエリート集団が己を見失ったとき、悲劇は始まった。司馬遼太郎氏が果たせなかったテーマに、共に取材した歴史探偵が渾身の筆を揮う。（土門周平）
は-8-10

半藤一利
ソ連が満洲に侵攻した夏
日露戦争の復讐に燃えるスターリン、早くも戦後政略を画策する米英、中立条約にすがってソ満国境の危機に無策の日本軍首脳——百万邦人が見棄てられた悲劇の真相とは。（辺見じゅん）
は-8-11

半藤一利
日本のいちばん長い日　決定版
昭和二十年八月十五日。あの日何が起き、何が起こらなかったのか？　十五日正午の終戦放送までの一日、日本政府のポツダム宣言受諾の動きと、反対する陸軍を活写するノンフィクション。
は-8-15

半藤一利
あの戦争と日本人
日露戦争が変えてしまったものとは何か。戦艦大和、特攻隊などを通して見据える日本人の本質。「昭和史」「幕末史」に続き、日本の大転換期を語りおろした〈戦争史〉決定版。
は-8-21

半藤一利・加藤陽子
昭和史裁判
太平洋戦争開戦から七十余年。広田弘毅、近衛文麿ら当時のリーダーたちはなにをどう判断し、どこで間違ったのか。半藤〝検事〟と加藤〝弁護人〟が失敗の本質を徹底討論！
は-8-22

半藤一利
聯合艦隊司令長官　山本五十六
昭和史の語り部半藤さんが郷里・長岡の先人であり、あの戦争の最大の英雄にして悲劇の人の真実について熱をこめて語り下ろした一冊。役所広司さんが五十六役となり、映画化された。
は-8-23

半藤一利・保阪正康
そして、メディアは日本を戦争に導いた
近年の日本社会と、戦前社会が破局へと向った歩みには共通点があった？　これぞ昭和史最強タッグによる決定版対談！　石橋湛山、桐生悠々ら反骨の記者たちの話題も豊富な、警世の書。
は-8-28

半藤一利
戦士の遺書
太平洋戦争に散った勇者たちの叫び

山本五十六の怒り、阿南惟幾の覚悟、栗林忠道の勇敢、井上成美の孤高……太平洋戦争に散った男たちの最期の言葉に滲む、家族と国への果てしない思いとは。（阿川弘之・梯　久美子）

は-8-37

辺見じゅん
収容所《ラーゲリ》から来た遺書

戦後十二年目にシベリア帰還者から遺族に届いた六通の遺書。その背後に驚くべき事実が隠されていた！　大宅賞と講談社ノンフィクション賞のダブル受賞に輝いた感動の書。（吉岡　忍）

へ-1-1

辺見じゅん　原作・林　民夫　映画脚本
ラーゲリより愛を込めて

戦後のシベリア強制収容所で過酷な日々を過ごしながら家族や仲間を想い、生きる希望を持ち続けた山本幡男の生涯と夫婦愛を描く。涙なくして読めない究極の愛の実話。映画ノベライズ。

へ-1-5

保阪正康
瀬島龍三
参謀の昭和史

太平洋戦争中は大本営作戦参謀、戦後は総合商社のビジネス参謀、中曾根行革では総理の政治参謀。激動の昭和時代を常に背後からリードしてきた実力者の六十数年の軌跡を検証する。

ほ-4-3

堀　栄三
大本営参謀の情報戦記
情報なき国家の悲劇

太平洋戦争中は大本営情報参謀として米軍の作戦を次々と予測的中させて名を馳せ、戦後は自衛隊情報室長を務めた著者が稀有な体験を回顧し、情報に疎い組織の欠陥を衝く。（保阪正康）

ほ-7-1

松本清張
日本の黒い霧（上下）

占領下の日本で次々に起きた怪事件。権力による圧迫で真相は封印されたが、その裏には米国・GHQによる恐るべき謀略があった。一大論議を呼んだ衝撃のノンフィクション。（半藤一利）

ま-1-97

松本清張
昭和史発掘　全九巻

厖大な未発表資料と綿密な取材で、昭和の日本を揺るがした諸事件の真相を明らかにした記念碑的作品。「芥川龍之介の死」「五・一五事件」「天皇機関説」から、「二・二六事件」の全貌まで。

ま-1-99